KB102185

검선마도

조돈형 新무협 판타지 소설

FANTASTIC ORIENTAL HEROES

劍仙魔刀

검선마도 2

조돈형 新무협 판타지 소설

초판 1쇄 찍은 날 § 2019년 2월 20일
초판 1쇄 펴낸 날 § 2019년 2월 27일

지은이 § 조돈형
펴낸이 § 서경석

총괄팀장 § 최하나
편집책임 § 김대용
편집 § 강민구, 신나라

펴낸곳 § 도서출판 청어람
등록번호 § 제387-1999-000006호
등록일자 § 1999. 5. 31
어람번호 § 제2-2770호

주소 § 경기도 부천시 부일로 483번길 40 서경B/D 3F (우) 14640
전화 § 032-656-4452 팩스 § 032-656-4453
http://www.chungeoram.com
E-mail § chungeorambook@daum.net

ISBN 979-11-04-91932-9 04810
ISBN 979-11-04-91930-5 (세트)

검선마도

조돈형 新무협 판타지 소설

FANTASTIC ORIENTAL HEROES

②

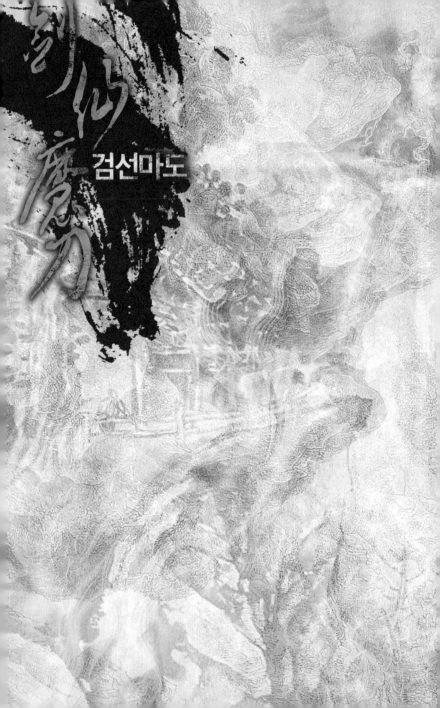

제9장

첫 표행(鏢行)

배는 무사히 목적지인 항주에 도착했다.

항해 때보다 더욱 바쁘게 움직이는 선원들, 화영표국의 표사와 쟁자수들, 게다가 항구에서 대기하고 있던 일꾼들이 한데 뒤엉키며 갑판은 그야말로 아수라장으로 변해 버렸다.

혼란 속에서 육 부인 일행은 조용히 하선을 했다. 육 부인과 두 명의 호위를 필두로 열 명의 무인들이 그 뒤를 따랐다.

풍월이 그들 일행의 앞에 모습을 보인 것은 육 부인이 잠시 고개를 돌려 상처 가득한 배를 보며 험난했던 지난 여행을 회상할 때였다.

"벌써 가십니까?"

"아! 풍 소협."

육 부인이 반가운 표정을 지으며 앞을 가로막는 호위들을 살짝 물렸다.

"저들과는 달리 별다른 짐이 없으니 늦장 부릴 이유가 없지요."

육 부인이 정신없이 짐을 나르고 있는 이들을 바라보며 웃었다.

"사실 지긋지긋하기도 하고요."

"꽤나 오래 배를 타셨다고 들었습니다."

"그렇진 않아요. 해남에서 뭍에 오른 뒤 하문까지는 육로로 이동을 했으니까요. 다만 폭풍이 문제였지요."

"예, 폭풍이 문제였습니다."

풍월이 절대적으로 동의한다는 표정을 지었다.

"한데 어째서 혼자지요? 홍씨 조손과 함께 움직인다고 하지 않았던가요?"

"그랬지요. 한데 일을 돕는다고 하더군요."

풍월이 못마땅한 표정으로 갑판을 바라보았다.

"호호호! 화영표국에서 일하고 싶다고 했으니까 미리미리 성실한 모습을 보여주는 것도 나쁘진 않겠네요. 그런데 풍 소협은 돕지 않나요? 화영표국에도 빚이 있는 것으로 아는데요."

육 부인이 장난스레 물었다.

"에이, 제가 비록 강호 초출이기는 하나 저런 자잘한 일로 빚을 탕감할 정도로 쩨쩨한 놈은 아닙니다."

가슴을 탁 친 풍월이 목소리를 높였다.

"황산진가라 하셨지요? 조만간 찾아뵙도록 하겠습니다. 아, 그렇다고 바로는 아닙니다. 홍추 형님에게 빚을 갚은 다음에도 조금은 시간이 걸릴 겁니다. 처음 뭍에 왔는데 이것저것 구경이라도 해야지요. 그래도 제게 부탁하고 싶은 것이 있다면 언제든지 화영표국 쪽으로 연락주십시오."

"호호호! 본가를 방문하는 것은 언제든지 환영이에요. 세상 구경을 한다고 했지요?"

"예."

"언제가 될지 모르겠으나 부담 없이 들러주세요. 다만 그것이 단순히 빚을 갚기 위함이라면 반갑진 않을 것 같군요. 그저 험한 바다를 함께 이겨낸 반가운 인연의 연장이었으면 좋겠어요."

"뭐, 원하신다면 그렇게 하지요. 하지만 제가 빚을 지고 있는 것은 부정할 수 없는 사실이니까 언제고 말씀만 하세요. 불가능한 것 빼놓고는 뭐든지 들어드릴 테니까요."

"호호호! 그래요, 그럼."

기분 좋게 웃음을 터뜨린 육 부인이 가볍게 목례를 하고 봄을 돌렸다. 마주 인사를 한 풍월이 잠시 머뭇거리다 육 부인의 호위 중 한 명의 팔을 잡았다.

자신의 팔이 의식도 못하는 사이 풍월에게 잡혔다는 것에 충격을 받은 관후상이 뭐라 말을 하려는 찰나, 풍월이 얼른 손을 흔들어 그의 입을 막았다.

"육 부인의 안색이 안 좋네요. 괜히 무리해서 움직이다 탈나지 말고 의원부터 만나보는 것이 좋겠습니다."

풍월의 은근한 목소리에 관후상의 안색이 딱딱하게 굳었다.

"무슨 뜻인가?"

"저를 키우신 분이 끝내주는 의술을 지니셨거든요. 뭐, 제가 익힌 건 아니지만 그래도 병이 있는지 없는지 알아낼 수 있는 눈썰미는 좀 생겼지요. 육 부인, 정상 아닙니다."

"그거야 오랜 항해에……."

풍월이 바로 말을 잘랐다.

"지치고 멀미를 해서 그런 것 같지 않으니까 흘려듣지 마시고 의원 찾아가라고요. 분명히 말했습니다."

풍월은 관후상이 뭐라 반응을 보이기도 전에 몸을 돌렸다.

관후상이 멍한 눈빛으로 풍월의 뒷모습을 바라보고 있을 때 또 다른 호위 관요가 다가왔다.

"여기서 뭐 해? 무슨 일이라도 있어?"

"아, 아니요."

관후상이 떨떠름한 표정으로 대답을 하며 몸을 돌렸다.

"왜? 뭣 때문에 그러는데?"

관후상의 표정이 심상치 않다고 여긴 관요가 다시 물었다.

"형님."

관후상이 육 부인에게 향하는 걸음을 조금 늦추며 말했다.

"왜?"

"저 친구 말이오."

"풍월?"

"예."

"저 친구가 왜?"

"어쩌면 말이오. 우리가……."

관후상이 말끝을 흐렸다.

'우리가 알고 있는 것보다 훨씬 강할 수도 있다는 생각이 드오.'

관후상은 차마 자신의 생각을 내뱉을 수 없었다.

풍월이 할아버지들로부터 무공을 배웠다고 했을 때부터 면밀히 관찰한 바, 그의 말대로 분명 무공을 익히기는 했으나 그저 제 한 몸이나 지킬 수 있을 정도의 수준인 것으로 파악을 했다.

관요 역시 같은 의견이었기에 의심의 여지는 없었다.

하지만 풍월에게 팔을 잡힌 순간 전신을 훑고 지나간 전율감은 뭐라 말로 표현할 수 없는 것이었다.

'그 느낌은… 그래, 마치 사부님과 진검 비무를 할 때의 느낌, 바로 그때의 느낌이었어.'

관후상은 자신도 모르게 침을 꿀꺽 삼켰다.

"왜 그러냐니까?"

관요가 답답하다는 듯 되물었다.

"아! 아니요. 재밌는 친구란 생각이 들어서 말이오."

"싱겁긴. 하긴, 네 말대로 재밌는 친구긴 해. 흐흐흐! 명색이 해남파의 여식이자 황산진가의 며느님이신 아가씨께 구명의 빚을 갚겠다고 큰소리를 치다니. 아직 강호의 때가 묻지 않은 순진한 모습도 마음에 들어. 그래도 그런 순진함만으로 버티기엔 이곳이 그리 만만한 곳은 아닌데 걱정이다. 그럭저럭 제한 몸 지킬 수 있을 정도의 무공은 지니고 있는 것 같기는 하지만 말이야. 안 그래?"

"……."

관후상은 아무런 대꾸를 하지 못했다. 그저 짐을 실은 마차에 걸터앉아 다리를 흔들고 있는 풍월의 뒷모습을 몇 번이나 되돌아볼 뿐이었다.

*   *   *

화영표국.

용이 승천하는 듯 멋들어지게 써진 현판 앞에 선 세 사람의 표정은 제각기 달랐다.

화영표국을 시작으로 장차 거상이 되겠다는, 그래서 반드시 화영표국의 일원이 되겠다는 홍추의 얼굴엔 남다른 각오가 새겨져 있었다.

삐딱힌 자세로 현판을 보는 풍월에겐 답답함이, 마지막으로 도살장에 끌려온 돼지의 표정을 하고 있는 용패는 표국 앞에 서 있는 자신의 현실을 여전히 받아들이지 못하는 듯했다.

화영표국의 정문에는 비단 그들만 서 있는 것은 아니었다.

꽤나 많은 이들이 웅성거리며 서 있었는데 그들의 표정 역시 세 사람과 크게 다르지 않았다.

"이제 곧 접수를 하고 간단하게 시험을 할 터이니 다들 준비하시오."

문사라고 하기엔 표정이 너무 얄팍하고 또 표사라고 하기엔 너무도 병약해 보이는 중년인이 꼬장꼬장한 음성으로 소리쳤다.

목소리가 끝나기 무섭게 주변을 배회하던 사람들이 중년인을 향해 몰려들었다.

"줄을 서시오."

중년인의 명에 따라 기다란 줄이 만들어졌다.

"뭐 해? 우리도 서야지."

홍추가 풍월의 소매를 잡아끌었다.

"하아! 미치겠네."

힘없이 끌려가는 풍월의 입에서 한숨이 절로 흘러나왔다.

떠밀리다시피 줄을 선 풍월이 들뜬 표정의 홍추에게 물었다.

"그러니까 형님의 목표가, 화영표국의 식솔이 되겠다는 것이 고작 쟁.자.수.였단 말이오?"

"그래, 일차적인 목표는 맞아. 내가 얘기하지 않았던가?"

"절대로! 화영표국에서 일하고 싶다고 했지 쟁자수가 되겠다는 말은 하지 않았소."

홍추가 어깨를 들썩이며 말했다.

"당연히 알아들었는지 알았지."

"알아듣긴 뭘 알아들어요! 길 가는 개새끼를 붙잡고 물어봐요. 명색이 꿈이야, 꿈. 꿈이 표국에서 일하는 거라면 최소한 표사로 알지 누가 쟁자수로 알아들어. 안 그래요, 용 형?"

질문이 갑작스레 자신에게 향하자 화들짝 놀란 용패가 열심히 고개를 끄덕였다.

"마, 맞습니다. 표국이라면 당연히 표사죠."

"들었지? 표사라고 표사. 그리고 섬에서 무공을 배웠다고 했잖아요."

"배우긴 했어. 뭍에서 무관을 열었던 양 씨 할아버지한테."

홍추가 변명하듯 말했다.

"그래서 뭘 배운 건데요?"

"그냥 주먹질하는 방법 조금 배웠는데."

"무기는? 검이나 도를 쓰는 법은 안 배운 거요?"

"배우기 전에 돌아가시는 바람에……."

홍추의 목소리가 점점 작아졌다.

"하!"

너무 어이가 없는지 웃음밖에 흘러나오지 않았다.

홍추가 무공을 배웠다고 했으나 그의 무공이 형편없으리란 것은 굳이 시험을 해보지 않아도 알 수 있었다.

그래도 자신이 조금 도움을 준다면 표사가 되는 일에 큰 무리가 없을 것 같았다. 왜냐하면 장무선이 거느리고 있던 표사들 중 몇몇을 제외하고는 홍추와 별 차이가 없어 보였기 때문이다.

그 착각이 정말 치명적인 실수였다.

'젠장! 실력을 봤어야 했어. 그랬다면 확실히 알 수 있었을 텐데.'

당연했다. 아무리 실력이 없는 표사라도 칼 밥을 먹고사는 사람이다. 어설프게 주먹질이나 배운 사람과는 차원이 다를 터였다. 그런데 그들 모두를 싸잡아 판단을 하는 바람에 제대로 착각을 하고 말았다.

'이걸 두 분 할아버지들이 보셨으면 그야말로 난리가 났겠네.'

풍월은 틈만 나면 온갖 무림의 지식을 알려주기 위해 애썼던 송산과 광혼을 떠올리며 쓴웃음을 짓고 말았다.

"다음."

중년인의 호명에 홍추가 깜짝 놀라 고개를 돌렸다. 어느새 자신 앞에 있던 줄이 사라지고 없었다.

"갑니다."

번쩍 손을 들고 중년인을 향해 달려가던 홍추가 갑자기 걸음을 멈추고 고개를 돌렸다.

"마음이 내키지 않으면 지금이라도 돌아가. 무슨 이유인지는 모르겠지만 할아버지는 너를 꼭 잡으라고 하시더라. 하지만 난 상관없어. 사람은 자기가 하고 싶은 일을 해야지 억지로 하는 것만큼 따분하고 어려운 일이 없다는 걸 나보다 잘 아는 사람도 없으니까. 구명지은이니 하는 헛소리는 하지 말고 어서 가. 그렇잖아도 네 귀한 시간을 뺏는 것 같아서 영 그랬다. 애당초 세상 구경을 하러 나온 네가 여기 있는 것 자체가 말이 되지 않는 거야."

홍추의 시선이 용패를 향했다.

"용 형도 돌아가. 멀쩡하게 잘하고 있던 일을 때려치우고 왜 우릴 따라왔는지 난 아직도 이해가 안 돼. 가서 선장님께 싹 싹 빌고 다시 배를 타."

"나, 나도 그랬으면 좋을 것 같긴 한데……."

용패가 풍월의 눈치를 보며 말끝을 흐렸다.

"뭐 하는 거지? 접수할 생각 없으면 물러나고."

중년인의 짜증 섞인 음성이 들려왔다.

"아, 아닙니다. 바로 갑니다."

홍추가 황급히 외치며 달려갔다.

"후! 완전히 꼬였네. 내 그 빌어먹을 풍랑으로 배가 뒤집힐 때부터 알아봤다. 아니지. 처음 출발부터 잘못됐어. 날씨가 좋을 때 출발하라고 붙잡던 할배들 말을 들을걸. 손바닥만 한 고깃배가 아니라 좀 더 크고 단단한 배를 만들고. 에라이, 병신아! 어차피 내 팔잔데 누굴 탓해."

깊은 자책과 함께 고개를 흔들던 풍월이 갑자기 고개를 들어 화영표국의 현판을 바라보았다.

"근데 빌어먹을 화영표국은 왜 하필 쟁자수를 이 시기에 뽑는 거냔 말이야. 마치 날 기다리고 있었던 것 같잖아. 아오! 그냥 다 엎어버릴까 보다."

온갖 헛소리를 내뱉으며 날뛰던 풍월은 결국 땅이 꺼져라 한숨을 내쉬곤 혹시나 하는 마음에 기대에 찬 얼굴로 기다리던 용패의 소매를 슬며시 잡아끌었다.

"그렇게 촉촉한 눈빛으로 보지 말고 움직입시다. 젊어 고생은 사서도 한다고 새롭게 시작한 인생이니 바닥부터 경험해보는 것도 나쁘진 않잖아. 뭐, 모양새는 빠지지만 표사들과 함께 표행도 다니니 재미는 있을 것 같고."

'야! 고생은 할 만큼 했다. 그리고 나보다 어린 네가 할 말은 아니라고 본다!'

목구멍까지 치밀어 오르는 외침을 간신히 억누른 전직 해적 용패는 쟁자수가 되기 위해 질질 끌려가야만 했다.

"용 형."

"예, 풍 공자님."

용패가 풍월의 곁으로 얼른 다가왔다.

"지금 내가 보고 있는 것이 현실이야?"

"그게 무슨……."

"내 볼 좀 한번 꼬집어봐."

용패가 기겁한 표정으로 감히 손을 뻗지 못하자 풍월이 신경질적으로 말했다.

"빨리."

용패가 순간적으로 손을 뻗어 풍월의 볼을 꼬집었다.

"제기랄! 아픈 거 보니까 현실 맞네. 혹시나 꿈이었으면 싶었는데."

풍월이 한숨을 내뱉으며 고개를 떨궜다.

그의 앞, 다섯 대의 마차를 필두로 열댓 명의 쟁자수들이 커다란 짐을 메고 이동을 하고 있었고, 칼을 찬 표사들이 일행을 호위하고 있었다.

"왜? 무슨 일이야?"

한 걸음 앞서가던 홍추가 살짝 걸음을 늦추며 물었다.

"아니요. 그냥 신.나.서!"

"그러게. 이렇게 빨리 표행에 나설 줄은 몰랐어."

홍추는 말과는 전혀 상반된 풍월의 표정을 보면서도 이질감을 전혀 느끼지 못했다. 그저 쟁자수가 된 지 하루 만에 표행을 나서게 된 것이 여전히 믿기지 않는다는 표정으로 가슴에 손을 댔다.

화영표국을 나설 때부터, 아니, 자신이 책임질 표물을 등에 짊어질 때부터 쿵쿵 뛰던 심장이 좀처럼 진정되지 않고 있었다.

"너무 그렇게 들뜨진 말라고. 그렇게 흥분하다간 금방 지쳐. 꽤나 먼 거리야."

홍추와 이런저런 얘기를 나누며 걷던 고참 쟁자수 방일홍이 웃으며 충고했다.

"걱정 마세요. 체력 하나는 자신 있으니까요. 그런데 방 형님, 궁금한 것이 있습니다."

"그… 게 뭔데?"

방일홍이 조금은 질렸다는 표정으로 되물었다.

표국을 떠나올 때부터 지금까지 한시도 쉬지 않고 온갖 질문을 던졌음에도 아직까지 궁금한 것이 남았다는 것이 신기할 지경이었다.

"마차 다섯 대 분량의 표물이라면 결코 적은 수가 아닌 것으로 압니다. 저희들이 짊어진 등짐도 있고요."

"그런데?"

"표물에 비해서 표사님들의 수가 너무 적은 것 아닌가 싶어서요. 오늘 아침 일찍 저희보다 먼저 출발한 표행을 지켜봤는데 표물은 절반에 불과한데 표사님들의 수는 오히려 두 배가 넘었습니다. 우리보다 다녀오는 거리가 멀어서 그렇다고는 해도 너무 차이가 나는 것 같아서요."

방일홍은 새삼스럽다는 눈길로 홍추를 바라보았다. 지금껏 제법 많은 신입 쟁자수들과 함께해 왔으나 홍추처럼 의문을 표하는 사람은 거의 없었다.

"자네 말대로야. 우리가 향하는 호주는 항주와 그다지 멀지도 않고 길도 제법 잘 닦여 있지. 딱히 큰 위험도 없는 곳이니 자네처럼 처음 쟁자수를 하는 친구들이 경험을 쌓기도 좋은 곳이고. 하니 당연히 표사들의 수도 적을 수밖에. 상대적으로 그쪽 표물이 귀한 것이기도 하고."

"아, 그렇군요."

홍추는 이해했다는 표정으로 크게 고개를 끄덕이며 앞서 걷는 동료 쟁자수들의 면면을 살폈다. 아닌 게 아니라 이번 표행에 나선 쟁자수의 대부분이 자신과 함께 쟁자수로 뽑힌 이들이었다.

"왜 이렇게 소란스러워?"

쟁자수들을 관리하는 조장 곽거가 얼굴을 일그러뜨리며 소리쳤다. 질문을 주고받느라 일행의 걸음이 조금 지체된 것이 꽤나 못마땅한 얼굴이었다.

"죄송합니다, 조장님. 이 친구들이 이런저런 생각이 많은 듯 하여 몇 마디 조언을 해줬습니다."

방일홍이 얼른 사과를 하자 곽거가 그의 어깨 너머로 시선을 던지며 혀를 찼다.

"쯧쯧, 애송이들 같으니!"

"영감은 뭔데?"

용패가 인상을 찌푸리며 물었다.

풍월의 앞에서야 쥐 죽은 듯 지내는 그였지만 명색이 해적이다.

용패가 인상을 쓰자 꽤나 살벌한 기운이 뻗쳐 나왔다.

하지만 팔짱을 긴 채 용패를 지그시 노려보는 곽서의 기세도 만만치 않았다.

나이 열다섯부터 쟁자수 일을 시작하여 벌써 사십 년.

화영표국에서 일하는 쟁자수 중에서도 최고참이라 할 수 있는 곽거는 말 그대로 산전수전을 다 겪은 인물이었다.

수많은 위기와 죽음을 헤쳐 나온 그에게 용패의 위협 따위는 그저 세상 무서운 줄 모르는 애송이의 치기에 불과한 것이었다.

"첫 표행이니 이해는 한다만 그렇게 들떠 있다간 한순간에 간다. 이 직업이 그렇게 만만한 것이 아니야."

곽거의 말에 다시금 발끈하려는 용패를 억지로 진정시킨 홍추가 머리를 조아렸다.

"죄송합니다, 조장님. 이제 겨우 쟁자수가 된 터라 많은 것이 부족하고 미숙해서 실수를 했습니다. 용서해 주십시오."

용서라는 말에 용패의 눈썹이 다시금 꿈틀댔지만 풍월이 관심 없다는 태도로 아예 시선을 돌려 버렸기에 그 역시 입을 다물었다.

그런 용패를 향해 가소롭다는 눈빛을 보낸 곽거가 착 가라앉은 음성으로 말했다.

"아무리 쉬운 길이라도 언제 어디서 어떤 위험이 도사리고 있을지 모른다. 특히 우리처럼 무공을 모르는 이들은 그야말로 파리 목숨이나 다름없지. 항상 조심하고 주의해야 하는 이유이기도 하고."

"명심하겠습니다."

홍추가 다시금 머리를 숙였다.

용패를 바라보던 눈빛과는 비교도 되지 않을 정도로 따뜻한 눈길로 홍추를 바라본 곽거가 몇 마디 말을 덧붙였다.

"이제 곧 금산이다. 그다지 높지는 않고 길도 험하진 않으나 그래도 조금은 위험한 산이니 주의를 하는 것이 좋을 게다. 뭐, 그렇다고 너무 두려워할 것은 없지만."

곽거는 말이 끝나기도 전에 몸을 돌렸다.

곽거의 입가에 묘한 미소가 걸려 있는 것은 오직 방일홍만 눈치챌 수 있었다.

곽거가 제 위치로 돌아가고 이각 후, 표행은 항주와 호주의 중간쯤에 위치한 금산에 도착했고 초입에서 잠시 휴식을 취하며 요기를 한 뒤 다시 이동을 시작했다.

곽거의 말대로 금산은 나란히 붙어 있는 봉우리의 높이도 낮았고 비좁기는 해도 마차 한 대쯤은 지나갈 수 있을 정도로 길이 잘 닦여 있었다.

표행이 금산의 중턱에 이르렀을 때, 곽거와 잠시 마찰을 빚기는 했어도 별다른 불평 없이 걸음을 옮기던 용패가 똥 마려운 강아지처럼 좌우로 고개를 돌리기 시작했다.

눈동자는 불안감으로 흔들렸고 이마엔 땀방울이 송골송골

맺혔다.

"아, 쫌! 정신 사납게 왜 그래요?"

풍월의 물음에 움찔한 용패가 엉거주춤한 자세로 말했다.

"아, 아니, 그게……."

"용 형, 이리 와봐요."

풍월의 손짓에 용패가 민망한 얼굴로 다가왔다.

"왜요? 뭐가 불안해서 그렇게 안절부절못하는 건데. 그렇게 눈동자만 굴리지 말고 빨리 말해봐요."

풍월이 거듭해서 묻자 용패가 어쩔 수 없다는 얼굴로 입을 열었다.

"느낌이 영 좋지 않아서 그랬습니다."

"느낌이 좋지 않다?"

"예, 믿기 힘드실지 모르겠지만 제가 이래 봬도 촉이 조금 좋습니다."

"촉?"

풍월이 고개를 갸웃거렸다.

"아, 저희들끼리 하는 얘기로 그냥 육감이 좋다고……."

"아하! 육감."

풍월이 이해했다는 듯 고개를 끄덕였다.

"그래서, 어떤 육감이, 아니, 촉이 좋다는 건데요?"

풍월이 같잖다는 표정으로 물었다.

"위기 감지를 잘합니다. 위험을 잘 느낀다고나 할까요. 제가 섬을 떠나 외부에서 활동을 하는 것도 그 덕이고요. 털고자 하는 배를 찍었을 때, 그 배가 위험한지 그렇지 않은지 감각적으로 판단을 합니다. 지금껏 실패한 적이 손꼽을 정도지요."

"쯧쯧, 해적질한 것이 뭔 자랑이라고. 아무튼 그 촉이 위험 신호를 보낸다?"

"그렇습니다."

"굼벵이도 구르는 재주가 있다더니만 우리 용 형, 대단한 능력을 가지고 있었네."

풍월이 킥킥대며 몸을 돌렸다. 웃고는 있었으나 그다지 신뢰는 하지 않는 반응이었다.

'시펄! 이젠 굼벵이냐?'

용패가 떨떠름한 얼굴로 한숨을 내쉴 때였다.

킥킥대며 몸을 돌린 풍월이 갑자기 걸음을 멈췄다. 웃음기 가득했던 표정은 차갑게 가라앉았고 눈동자도 날카롭게 변했다.

'하나, 둘, 셋… 스물… 대충 서른 명 정도 되겠군.'

아직 눈에 보이진 않았다. 하나 크게 휘어진 산길 뒤편에 적지 않은 인원이 매복하고 있다는 것을 느낀 풍월은 새삼스런 눈길로 용패를 바라보았다.

핀잔을 들었음에도 그는 여전히 불안한 눈동자를 이리저리 굴리고 있었다.

'이것 참, 대단한 촉일세.'

풍월은 용패의 촉이 자신의 감각을 능가했음에 진심으로
감탄했다.

어쩌다 얻어걸린, 그저 우연일 뿐이라 여기는 마음이 강하
긴 했으나 만약 우연이 아니라면 실로 대단한 능력이라 할 수
있었다.

'어쨌건 나쁘지 않아. 아니지. 나쁘지 않은 정도가 아니라
운이 좋다고 해야 하지.'

산길에 매복하고 있는 무리의 목적이라면 뻔한 것. 풍월은
생각보다 빨리 빚을 갚을 수도 있다는 생각에 오히려 표정이
밝아졌다.

"멈춰랏!"

산을 쩌렁쩌렁 울리는 외침과 함께 좌우측 숲에서 무기를
든 산적들이 우르르 쏟아져 내려왔다.

낯선 자들의 등장에 위협을 느낀 것인지 마차를 끌던 말들
이 놀라 연신 투레질을 하며 뒷걸음질 쳤다.

길을 가로막은 산적들의 숫자는 정확히 서른두 명이었다.

살기 풀풀 넘치는 산적들의 등장에 쟁자수들의 표정이 하
얗게 질렸는데 비교적 평온한 자세를 유지하는 쟁자수는 곽
거를 비롯해 몇몇 고참 쟁자수들뿐이었다. 물론 그들의 등장

을 반기는 풍월은 제외였다.

"있는 물건 모조리 내려놓고 꺼져라. 그럼 목숨만은 살려주지!"

"덤빌 테면 덤벼도 상관없다. 손맛을 못 본 지도 꽤나 오래 됐거든."

"흐흐흐! 저 어린놈은 딱 내 취향인데."

표행을 둘러싼 산적들이 저마다 한 소리를 내뱉으며 위협을 했다.

경험이 없는 쟁자수들은 그들의 한마디 한마디에 격렬하게 반응하며 극도의 공포심을 느끼고 있었다.

곽거와 고참 쟁자수들이 그들을 다독이기 위해 나름 애를 썼지만 그다지 효과는 없어 보였다.

풍월은 다른 쟁자수들과 마찬가지로 두려움에 떨고 있는 홍추를 토닥이며 표사들을 살폈다.

'표사들은 상당히 침착하네. 경험이 있어서 그런가.'

이번 표행에 따라나선 표사들의 수는 한 명의 표두와 여섯 명의 표사다. 그들은 거의 다섯 배에 이르는 적들에게 포위가 되었음에도 상당한 침착성을 유지하고 있었다.

'아니면 실력에 자신이 있다거나.'

산적들을 대충 살펴봤을 때 딱히 눈에 띄는 인물은 없었다. 우두머리로 보이는 자들 서넛의 기세가 개중에 나을 뿐

어차피 그놈이 그놈이었다.

'한데 그건 이쪽도 마찬가지란 말이야.'

홀로 미소 지으며 표사들을 살피던 풍월이 고개를 갸웃거렸다.

압도적인 숫자의 산적들에게 포위를 당한 상황임에도 표두 종두인과 고참 표사들의 표정에서 긴장감이나 다급함, 두려움 따위를 전혀 찾아볼 수가 없었기 때문이다. 식은땀을 흘리며 검을 쥔 손을 부들부들 떨고 있는 신입 표사들과는 참으로 대조적인 모습이었다.

무당파 속가제자 출신답게 종두인의 실력이 여타 표사들에 비해 뛰어난 것은 인정한다. 그렇다고 해도 몇 배나 많은 적들 앞에서 보여주는 이런 여유로움은 솔직히 이해가 가지 않았다.

산적들과 화영표국의 대치는 한참이나 계속됐다.

산적들은 계속해서 표사들과 쟁자수들을 위협했고 표사들은 산적들의 기세에 눌리지 않기 위해 서로를 격려하며 조금도 물러서지 않았다.

곽거와 방일홍도 겁을 잔뜩 먹은 쟁자수들을 다독이느라 애썼다.

'뭐야? 대체 언제까지 이럴 건데?'

지루한 대치를 참지 못한 풍월이 하품을 하려는 찰나, 산적의 우두머리로 보이는 자가 한 걸음 앞으로 나서며 손을 들었다. 그러자 사방에서 쏟아지던 위협들이 일거에 잦아들었다.

종두인이 우두머리를 향해 가볍게 포권하며 말했다.

"화영표국의 표두 종두인이라 하오. 길을 막는 분들은 어디서 오신 호걸들이시오?"

"우린 천목채에서 왔소."

천목채를 지배하는 칠두령 중 막내 호아가 어깨를 피며 말했다.

"아! 천목산의 호걸들이시구려. 반갑소이다."

'반갑기도 하겠다.'

풍월이 피식 웃었다.

무공을 익힌 후, 할아버지들을 대신해 화도에 발을 디딘 해적들과 왜구를 때려잡아 왔던 풍월로선 산적 따위와 인사를 주고받는 지금 상황이 잘 이해가 가지 않았다. 그래도 분위기는 나쁘지 않아 보였기에 흥미진진한 얼굴로 대화를 지켜보았다.

"한데 천목산의 호걸들께서 어째서 여기까지 오신 것이오?"

종두인의 말에 호아가 크게 웃으며 말했다.

"하하하! 설마하니 우리가 꽃구경이나 하자고 여기까지 왔을까. 이유야 종 표두께서 더 잘 알고 계실 것 아니오?"

"통행세를 원하는 것이오?"

"우리가 관부 놈들도 아닌데 통행세는 무슨. 그냥 치안 유지비라고 해둡시다."

"그 말이 더 이상하게 들리오만 작금의 대치 상황을 풀기 위해서라면 나쁘지 않은 제안 같구려."

종두인의 눈짓에 고참 표사 한 명이 품에서 주머니 하나를 꺼내 들었다. 짤랑거리는 소리가 들리는 것을 보아 돈이 든 것이 틀림없었다.

"현명한 선택이오."

표사가 주머니를 가져오는 것을 확인한 호아가 엄지를 치켜들며 수하에게 눈짓했다.

고개를 끄덕인 사내가 손바닥만 한 깃발 하나를 꺼내 들더니 표사가 들고온 돈주머니와 교환을 했다.

호아는 수하가 건넨 주머니를 확인할 생각도 하지 않고 재빨리 품에 갈무리하며 말했다.

"좋은 거래였소."

종두인이 가볍게 고개를 끄덕이며 산적들에게 받은 깃발을 첫 번째 마차에 꽂았다.

"다음에 봅시다. 자, 가자."

호아가 수하들을 향해 손짓하며 소리치자 산적들이 포위를 풀고 물러나기 시작했다.

"사, 살았다."

"후~ 십년감수했네."

숨통을 조여오는 긴장감에 시달리던 쟁자수들이 안도의 한숨을 내쉬며 환한 웃음을 지었다.

잠깐의 대치 상황 동안 식은땀을 줄줄 흘리고 있던 신입 표사들도 맥이 탁 풀린 표정을 지으며 고참 표사들의 놀림을 받고 있었다.

'지랄들 한다.'

풍월은 어이가 없다는 눈길로 희희낙락거리며 돌아가는 산적들과 아무 일 없다는 듯 조용히 대화를 나누는 표사들을 바라보다 자신도 모르게 돌멩이 하나를 집어 들었다.

배알이 뒤틀렸지만 어차피 끝난 상황에서 딱히 크게 일을 벌일 생각은 없었다. 그냥 화가 조금 날 뿐이다.

풍월의 손을 떠난 돌멩이가 조용히 날아가 때마침 고개를 돌리던 산적의 이마를 제대로 강타했다.

"컥!"

외마디 비명과 함께 쓰러진 산적.

물러나던 산적들의 걸음이 동시에 멈춰졌다.

왁자지껄하던 웃음소리도 사라졌다.

"어떤 새끼냐?"

"감히 뒤통수를 쳐?"

산적들이 일제히 병장기를 치켜들며 다가왔다.

"뭐야? 누가 공격한 거야?"

종두인이 당황해서 물었다.

"모, 모르겠습니다. 우린 아닙니다."

고참 표사가 황급히 고개를 저었다.

"아니면 저놈이 왜 저래?"

종두인이 죽은 듯 쓰러져 있는 산적을 가리키며 소리쳤다. 그러자 정면에서 싸늘히 식은 음성이 들려왔다.

"그건 우리가 묻고 싶은 것이오만."

호아가 살기로 번들거리는 눈빛을 하며 종두인과 표사들을 쏘아보았다.

"설마하니 뒤통수를 치려고 한 것이오?"

"오해하지 마시오, 호 두령. 우리가 하루 이틀 본 사이도 아닌데. 그런 악수를 둘 리가 없지 않소."

종두인의 말에 호아가 약간은 누그러진 얼굴로 되물었다.

"하면 어째서 공격을 한 것이오?"

"그게······."

종두인의 말문이 막혔다. 어째서는 둘째 치고 아직 누가 공격을 한 것인지도 확인하지 못했기 때문이다.

"잠시 시간을 주시겠소?"

종두인의 부탁에 묵묵히 그를 바라보던 호아가 고개를 끄덕였다.

　간신히 시간을 얻어낸 종두인이 표사들을 불러 모았다.

　"누가 공격한 거냐?"

　"저는 아닙니다."

　"저도 아닙니다."

　"다 끝난 마당에 우리가 공격할 이유가 없잖습니까?"

　표사들이 앞다투어 자신들의 결백을 주장했다. 종두인의 표정이 점점 일그러졌다.

　"아니면 저놈은 어째서 쓰러진 것이냔 말이야?"

　"혹시 놈들이 자작극을 벌인 건 아닐까요?"

　"맞습니다. 그럴 가능성이 있습니다."

　결백을 주장하던 표사들이 오히려 천목채 산적들의 자작극을 주장했지만 종두인은 고개를 저었다.

　"아니, 우리 쪽에서 공격한 건 맞다. 내 귀를 자극한 파공성은 분명 우리 쪽에서 시작된 거야."

　"하지만 아무도 공격한 이가……."

　"됐어."

　말을 끊은 종두인은 지끈거리는 이마를 지그시 눌렀다.

　일이 제대로 꼬였다. 그나마 다행이라면 정신을 잃고 쓰러진 산적이 목숨을 잃은 것 같지는 않다는 것.

　'최악의 상황은 면한 건가.'

그렇다고 크게 달라질 것은 없었다.

산적들은 당연히 공격에 대한 대가를 원할 것이다. 그게 공격한 자의 목숨이 되었든 아니면 다른 무엇이 되었든.

"더 기다려야 하는 것이오?"

호아가 거만하게 팔짱을 끼며 물었다.

슬쩍 고개를 돌려보니 뒈진 줄 알았던 수하의 목숨이 붙어 있었다.

사실 숨통이 끊어지면 끊어진 대로 나쁠 것은 없었다. 그만한 대가를 요구하면 되는 것이고 화영표국은 능히 그 대가를 지불할 수 있는 능력이 있었으니까.

"아니오."

"그렇다면 묻겠소. 누가, 어떤 의도로 공격한 것이오?"

종두인은 대답하지 못했다.

팽팽한 긴장감이 양측 진영을 휘감았다.

종두인의 대답 여하에 따라 좋게 무마될 수도 피바람이 불 수도 있는 상황이다.

침묵을 지키던 종두인이 한참 만에 입을 열었다.

"솔직히 누가 공격을 했는지는 아직 파악하지 못했소. 하지만 딱히 어떤 의도가 없다는 것만큼은 내가 장담할 수 있소이다."

"하! 명성이 자자한 종 표두께서 이런 얼토당토않는 말을 하실 줄은 몰랐소."

비웃음을 흘린 호아가 아직도 쓰러져 있는 수하를 가리키며 말을 이었다.

"누군가의 기습 공격에 내 수하가 사경을 헤매고 있소. 한데 아무런 의도가 없다? 이게 무슨 개수작이오?"

개수작이란 말에 종두인의 표정이 딱딱하게 굳었다. 하지만 여기서 반발을 해봐야 좋은 꼴을 볼 수가 없었다. 명분을 빼앗긴 이상 지금은 어떤 비난도 감수해야 하는 상황이었다.

"변명을 하고 싶은 생각은 없소. 우리가 어찌하면 좋겠소? 원하는 것을 말해보시오."

순간, 호아의 눈동자가 반짝거렸다.

"눈에는 눈, 이에는 이. 비겁하게 기습을 한 자를 넘겨주시오."

"아직 누가 공격을 한 것인지 파악하지 못했다고 말했소."

호아의 입꼬리가 살짝 올라갔다.

예상한 답변이다. 설사 안다고 해도 내어줄 리가 없다고 생각했다. 애당초 그걸 알기에 그런 요구를 한 것이었고.

"변명치고는 참으로 구차하다고 여기오만."

거듭되는 조롱에 종두인은 주먹을 꽉 쥐며 입을 열었다.

"수하분의 치료에 필요한 비용 일체를 부담하겠소."

"그깟 치료비를 받자고……"

"또한 이번 일에 대한 사과의 의미로 은자 오십 냥을 준비하겠소."

어림도 없다는 듯 고개를 흔들려던 호아는 종두인의 말에 입이 쩍 벌어졌다. 재빨리 정신을 차리고 입을 다물기는 했으나 놀란 가슴은 아직도 진정이 되지 않았다.

'은자 오십 냥이라니.'

은자 오십 냥이면 한 가족이 능히 일 년은 놀고먹을 수 있는 액수다. 조금 전, 통행세로 받은 돈이 은자 석 냥이 조금 못 되는 액수라는 것을 감안하면 무려 열 배가 넘는 장사.

"사람의 목숨을 돈으로 재단할 순 없는 것이겠으나 그만하면 서로의 체면을 세워줄 수 있을 것이라 생각하오만."

"험험! 무, 물론 사람의 목숨을 돈으로 통치는 것이야 있을 수 없는 일이긴 하오. 그래도 다행히 목숨엔 이상이 없는 것 같으니……."

말꼬리를 흐리던 호아는 종두인이 은자가 든 주머니를 꺼내 들자 목청을 높였다.

"서로 모르는 사이도 아니고 단순한 사고임에도 이렇듯 체면을 살려주니 어찌 더 이상 문제를 삼을 수 있겠소."

낚아채듯 주머니를 받아든 호아는 슬쩍 주머니에 든 은자를 확인하곤 행여나 다시 빼앗아 갈까 두려운 얼굴로 한 걸음 물러나며 소리쳤다.

"어허, 뭣들 해? 당장 그 흉악한 무기를 치우지 않고. 아무튼 종 표두, 큰 분란 없이 원만히 해결을 해줘서 고맙소이다. 우린 이만 물러가겠소. 다음에 또 봅시다."

종두인에게 포권을 한 호아가 수하들을 데리고 순식간에 사라졌다.

산적들이 사라지고 완벽하게 위기에서 벗어났음에도 분위기는 과히 좋지 않았다.

은자 오십 냥이라면 그들이 이번 표행에서 벌어들이는 돈의 몇 배나 되는 지출이다.

그럼에도 종두인이 그런 과감한 결단을 내릴 수 있었던 것은 화영표국이 지금껏 천목채와, 아니, 그들이 속해 있는 녹림 십팔채와 쌓아둔 관계를 깨면 안 되기 때문이었다.

만약 일이 커지고 산적들과 충돌을 했다면 당장의 피해는 물론이고 앞으로 얼마나 많은 인적, 물적 손해를 감수해야 할지 가늠조차 되지 않았다.

산적들이 사라지고 분위기가 어느 정도 회복되었을 때 종두인이 표사들과 쟁자수들을 한데 불러 모았다.

"보시다시피 모든 상황은 종결되었다. 다만 확인할 것이 있다."

종두인이 잠시 뜸을 들이다 말을 이었다.

"누가 저들을 공격한 것인가?"

종두인의 시선이 표사들을 향했다.

표사들은 일제히 고개를 저었다. 절대로 있을 수 없는 일이라는 듯 다들 표정이 단호했다.

종두인이 쟁자수들을 향해 고개를 돌렸다.

절로 한숨이 흘러나왔다.

그들에게 묻는 것 자체가 우스운 일이었다. 자신이 겨우 눈치챌 수 있을 정도의 실력을 지닌 사람이 쟁자수 일을 하고 있을 까닭이 없으니까.

그래도 혹시나 하는 마음에 물었다.

"표사들은 아닌 듯한데 혹 그대들 중……."

종두인의 말이 뚝 끊겼다. 용패가 갑작스레 앞으로 뛰쳐나왔기 때문이다.

"죄송합니다."

갑작스런 용패의 행동에 누구보다 놀란 사람이 바로 풍월이었다.

풍월은 그저 배알이 뒤틀려서, 짜증나는 심사를 풀어보고자 던진 돌멩이가 화영표국에 그토록 막대한 피해를 입힐 줄은 생각도 못했다.

여차하면 산적들을 쓸어버리면 그만이란 생각을 하고 던진 돌이었다.

하지만 종두인과 호아의 대화에서 그들의 관계가 예사롭지 않다는 것을, 단순히 산적과 표사의 관계가 아니라 서로 오랫동안 상부상조하는 관계임을 눈치챈 후엔 아무런 행동도 할 수가 없었다.

어쨌거나 자신으로 인해 벌어진 일. 책임을 지려고 했지만 어찌 된 일인지 용패가 자신을 대신해서 나선 것이었다.

"네가 공격을 했다고?"

종두인이 어이없다는 얼굴로 물었다.

"예, 그렇습니다."

용패는 조금도 당황한 기색 없이 당당히 말했다.

"네가 무슨 짓을 한 것인지 알고는 있는 것이냐? 어째서 그런 짓을 한 것이냐? 제대로 말을 하지 않으면 엄히 책임을 묻겠다."

종두인이 검을 뽑아 그의 목에 대며 차갑게 물었다.

"그, 그게……."

목덜미에 닿는 검날의 싸늘한 기운에 나름 당당했던 용패의 얼굴이 하얗게 질렸다.

애당초 용패는 풍월을 위하고자 하는 마음으로 나선 것이 아니었다.

다른 사람은 몰라도 그는 풍월이 돌멩이를 던지는 것을 똑똑히 보았다. 그로 인해 화영표국에 막대한 손해가 발생했다는 것까지.

풍월이 친 사고를 잘만 이용하면 화영표국에서 쫓겨날 수 있고 나아가 풍월의 손에서도 벗어날 수 있다는 생각을 하곤 자청해서 죄를 뒤집어쓰고자 한 것이다.

하지만 종두인의 검이 목을 향하는 순간 정신이 번쩍 들었다. 현실은 냉정했다. 여차하면 목이 날아갈 수도 있는 상황이다.

'내, 내가 무슨 미친 짓을!'

당황한 용패가 뭐라 답을 해야 할지 몰라 주저하고 있을 때, 그가 자신을 위해 나섰다고 착각하고 약간의 감동까지 받은 풍월이 두둔하듯 말했다.

"용 형은 얼마 전까지 화영상단에서 운용하는 배의 선원이었습니다. 먼 바다를 오가며 거친 파도, 무시무시한 해적들과 싸워온 뱃사람의 자부심이 산적 따위에게 삥을 뜯기는 것을 참을 수 없는 굴욕이라 여겨 자신도 모르게 사고를 친 듯합니다."

종두인이 용패의 몸을 차분히 살폈다.

유난히 검은 피부, 얼굴과 팔뚝 곳곳에서 난 상처가 풍월의 말대로 제법 거친 삶을 산 흔적을 보여주었다.

특히 키는 그다지 크지 않았지만 차돌처럼 단단해 보이는 체격은 확실히 다른 쟁자수들과는 달라 보였다.

"화영상단의 배를 탔느냐?"

"그, 그렇습니다."

"이번에 쟁자수가 된 것이고."

"예."

"어쩌자고 공격을 한 것이냐?"

눈앞의 상황을 면하기 위해 필사적으로 머리를 굴리고 있던 용패가 떠듬거리며 답했다.

"따, 딱히 고, 공격을 할 생각은 없었습니다. 그냥 속이 터져서 들고 있던 돌… 멩이를 집어 던졌는데 그, 그게 하필 방향이……."

"돌멩이는 어째서 들고 있었던 것이냐?"

"산적들이 나타났으니 당연히 싸워야 하지 않겠습니까?"

용패가 눈을 부릅뜨고 말했다.

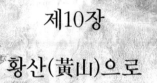

제10장

황산(黃山)으로

"하아!"

종두인은 이마를 짚으며 한숨을 내쉬었다.

산적들과 싸우자고 돌멩이를 들었고 삥 뜯긴 것이 억울해 돌멩이를 집어 던지다 사고가 났다는데 무슨 할 말이 있을까.

그로 인해 화영표국이 감당해야 할 손해가 너무도 컸고 당연히 책임을 물어야겠으나 첫 표행이 아니던가.

게다가 제대로 대처를 하지도 못하고 덜덜 떤 신입 표사들과는 달리 나름 용맹하기까지 한 쟁자수에게 책임을 묻기도 웃긴 일이었다.

"종 표두, 이번 일은……."

곽거가 용패를 두둔하기 위해 입을 열었다.

"됐습니다. 지금은 표행을 무사히 마치는 것이 우선이니 책임 소재를 가리는 일은 표행이 끝난 다음으로 하지요."

종두인이 허탈한 음성으로 말했다.

표사도 아니고 한낱 쟁자수가 공격을 했다는 것에 질책할 기운마저 없는 듯했다.

"알겠네."

곽거가 어두운 표정으로 물러났다.

자신이 제대로 단속을 하지 못해 사고가 터졌다고 자책하는 모습이 역력했다.

곽거는 화영표국은 물론이고 대다수의 표국들이 녹림들과 암묵적인 거래를 하고 있으며 적당한 통행세를 통해 서로간의 충돌을 방지하고 있다는 것을 신입 쟁자수들에게 설명했다.

초반의 분위기가 좋지 못했던 것은 신입 표사들과 쟁자수들에게 경험을 쌓아주기 위함이었다.

한데 용패가 분위기 파악도 제대로 하지 못하고 상황을 악화시켰으니 이는 나서야 할 때와 그렇지 않을 때도 모르는, 그야말로 객기만 앞세운 병신 짓이었다고 강조를 했다.

졸지에 객기만 앞세운 병신이 돼버린 용패는 억울하단 표정으로 풍월을 바라보았지만 자신이 자초한 일이기에 아무런 말도 할 수 없었다.

풍월도 어차피 끝난 상황에서 굳이 사실을 바로잡을 생각은 없었다. 오히려 몇 마디 말로 용패의 속을 완전히 뒤집어놓았다.

"쯧쯧, 그러게 돌멩이는 왜 던져 가지고……."

＊　　　　＊　　　　＊

용패가 저지른(?) 일은 생각보다 쉽게 넘어갔다.

손해가 크긴 했으나 상황을 제대로 파악할 수 없는 위치에서 쟁자수로서 나름 용기를 보여주었다는 것이 그 이유였다.

떠도는 말로는 곽거가 발 벗고 나섰다는 말도 있고, 표사도 아니고 쟁자수가 산적을 도발했다는 것에 부끄러움을 느낀 종두인이 일이 커지는 것을 막기 위해 힘을 썼다는 말도 있었다.

무수한 말들이 떠돌았으나 당사자들이 입을 다물고 있는 상황에서 그 속사정을 제대로 아는 사람은 아무도 없었다.

그렇게 첫 번째 표행을 무사히(?) 마친 홍추와 용패, 풍월은 이후에도 네 번의 표행을 더 다녀왔다.

두 번은 보름 안팎의 짧은 표행이었고, 나머지 두 번은 한 달 보름, 그리고 꼬박 석 달이 걸린 긴 표행이었다.

네 번의 표행 중 특별한 사건이나 사고는 없었다. 그나마 큰 사건이라면 어설프게 돈을 요구하던 화적 떼가 통행세를 받고 표행을 통과시켜 준 녹림도에게 박살 난 것이 사건이라면 사건이었다.

물론 사소한 사건 사고는 있었다.

상한 음식을 먹고 쟁자수들이 모조리 탈이 나는 바람에 표행이 사흘간 지체된 적이 있었고, 엄청난 폭우에 표물이 망가진 적도, 또 표물을 분실한 사건도 있었다.

영역이 겹친 다른 표국과 신경전을 벌이기도 했으나 전체적으로 큰 문제는 없었다.

상황이 그렇게 되자 풍월의 입장만 애매해졌다.

빚을 갚기 위해 홍추를 따라 쟁자수 일을 하고는 있으나 단순히 반년 넘게 표행을 따라다닌 것으로 은혜를 갚았다고 하기엔 무리가 있었다.

오히려 쟁자수로서 도움을 받았으면 받았지 도움을 줄 일이 전혀 없었다.

거상을 꿈꾸며 쟁자수 일을 그 시작점으로 잡은 사람답게 홍추는 모든 일에 있어 상당한 적응력을 보여주었다.

몇 번의 표행을 통해 홍추의 붙임성과 성실성을 알아본 고참 쟁자수, 표사, 표두들이 표국의 사무를 관장하는 총관에게 홍추를 추천했다.

표행이 없을 때도 표국에 나와 이런저런 일을 거들며 일을 배우는 홍추의 성실성을 지켜보던 총관이 그를 차출하기로 결정하는 상황이 되자 풍월은 결국 마지막 다섯 번째 표행을 끝으로 항주를 떠나기로 결정했다.

표행도 하지 않는 홍추가 위험해질 일은 없을 것이고 곁에 머문다고 해도 딱히 도와줄 일이 있을 것 같지가 않았다.

할아버지들이 남긴 유지도 전해야 했고 무엇보다 세상은 넓고 보고 즐길 것이 천지인데 언제까지 항주에 처박혀 있을 수는 없었다.

홍추와 화영표국에게 갚아야 할 빚이 마음에 걸렸지만 언젠가 기회가 있으리라 여겼다.

홍추가 쓸데없는 소리 하지 말라고 했지만 빚은 빚이었다.

풍월이 그렇게 마지막 표행을 기다리고 있을 때 화영표국 국주의 집무실에 아침부터 표국의 수뇌들이 하나둘 모여들었다.

"대체 무슨 일이기에 이른 아침부터 이 늙은이까지 오라 가라 하는 게냐?"

가장 늦게 집무실에 도착한, 백발이 성성했으나 날카로운 눈빛이 무척이나 인상적인 노인이 카랑카랑한 음성으로 물었다.

전대 국주와 함께 천하를 앞마당처럼 헤집고 다니며 지금의 화영표국을 만든 대표두 구원후였다.

전대 국주가 세상을 떠난 후, 일선에서 물러난 그였으나 대표두라는 직함은 여전히 유효했다.

구원후는 표국의 어른으로서 중대한 일이 있을 땐 늘 현명한 의견으로 표국을 올바르게 이끄는 데 큰 역할을 하는 인물이었다.

"어서 오십시오, 숙부님."

화영표국의 국주 장소선이 자리에서 일어나 인사를 했다.

"숙부님은 볼 때마다 젊어지시는 것 같습니다."

장무선이 웃으며 말했다.

"그거야 네놈 눈이 삔 것이라 그런 게다. 대표두라는 놈의 눈이 그리 엉성해서야."

핀잔을 던지면서도 장무선을 바라보는 구원후의 눈빛에 노한 기색은 전혀 없었다.

자신의 뒤를 이어 화영표국의 표사들을 관장하는 장무선이 그 역할을 아주 제대로 해내고 있음이 그저 기특할 뿐이었다.

"그럼 이참에 복귀하시죠. 아직 정정하신 것 같은데."

"허허! 헛소리까지 하는 걸 보니 자리에서 내려올 때가 되었구나. 사추 네가 치고 올라와야겠다."

"하하하! 당숙에 비하면 전 아직 멀었습니다. 솔직히 골치 아픈 자리엔 관심도 없고요."

장소선의 장자 장사추가 고개를 홰홰 내저었다.

"쯧쯧, 장차 표국을 이어받을 놈이 매가리가 없어."

친손자처럼 아끼는 장사추의 엄살에 구원후는 혀를 차면서도 흐뭇한 눈빛을 감추지 못했다.

구원후가 등장하고 집무실에 훈훈한 기운이 감돌았으나 국주 장소선의 무거운 표정은 바뀌지 않았다.

더 이상 농을 나누고 있을 때가 아니라 생각한 구원후가 물었다.

"무슨 일이냐? 대체 무슨 일이기에 그리 고민을 하는 것이야?"

"의뢰가 들어왔습니다."

"의뢰? 어떤 의뢰기에?"

장소선의 시선이 장무선에게 향했다.

어느새 웃음기를 거둔 장무선이 진지한 얼굴로 입을 열었다.

"황산진가의 며느리가 항주에 머물고 있는 걸 아십니까?"

"언뜻 듣기는 했다만, 설마 황산진가와 엮인 것이냐?"

구원후의 표정이 심각해졌다.

황산진가라면 무림에서도 이름난 명문가다.

무림의 세력들과 엮여선 좋을 것이 없다는 것이 그의 오랜 지론이었다.

장무선이 쓴웃음을 지었다.

"아직 결정을 내리지 않았으니 엮였다고 할 수는 없을 겁니다."

"자세히, 자세히 설명을 해봐라."

"사흘 후, 상단의 작은형님이 도자기를 구매하기 위해 경덕진으로 떠납니다. 거래가 큰 만큼 제가 직접 표사들을 이끌고 함께 출발할 예정입니다. 이 소식을 접한 황산진가의 식솔들이 우리와 함께 움직이기를 원하고 있습니다. 문제는 단순히 지나가는 말로 부탁을 한 것이 아니라 정식으로 요청을 했다는 것입니다."

"액수도 보통이 아닙니다. 무려 은자 오백 냥을 제시했습니다."

장소선의 말에 집무실에 모인 이들 모두가 기함을 하고 말았다.

"허! 돈이 썩어나는 모양이군. 고작 보표를 의뢰하는 데 은자 오백 냥이라니."

구원후의 말에 장무선이 고개를 저었다.

"그만큼 급하다는 반증이기도 하겠지요."

"급하다? 대체 이유가 뭐냐? 황산진가의 며느리가 그만한 돈을 들여 우리에게 보표를 의뢰하는 이유가. 솔직히 본국의 표사들이 황산진가의 무인들과 비교할 수준은 아니잖아."

장무선이 총관 고창에게 눈짓을 했다.

화영표국의 모든 업무를 총괄하는 고창이 서역에서 들여왔다는 안경을 고쳐 쓰며 말했다.

"그 이유를 알기 위해선 황산진가의 상황을 이해하실 필요가 있습니다."

자리에서 일어난 고창이 황산진가의 가계도가 자세하게 그려진 족자를 탁자 위에 펼쳤다.

"신흥 삼대세가로 성장하던 황산진가는 근래 들어 상당한 내홍을 겪고 있습니다. 그 시작은 노 가주 진포가 원인 모를 병마로 갑자기 쓰러지면서부터였습니다."

"일대 영웅이 영문도 모른 채 쓰러지다니 참으로 애석한 일이지."

구원후가 탄식했다.

"그것으로 진가의 불행이 끝난 것이 아니라는 것이 문제입니다. 진포가 쓰러진 후, 부친을 대신해 사실상 가주 역할을 했던 진원삭과 그의 아들 진채마저 불의의 사고로 유명을 달리하고 말았습니다. 현재는 차자인 진가부와 삼자인 진유호 사이에서 후계자 다툼이 벌어지고 있습니다. 사실 차자인 진가부는 후계자 자리에 별다른 욕심이 없었는데 그의 부인이 권력욕이 대단하여 직접 세를 불리고 있는 모양입니다. 더구나 그녀의 친정이 악양의 서문세가인지라 이미 권력의 추가 그쪽으로 쏠렸다는 말도 있습니다."

"서문세가?"

구원후가 놀라 되물었다.

"예, 서문혜라고 직계가 아니라 방계이긴 하나 그녀의 할아버지가 서문세가의 원로로서 상당한 지위에 있는 것으로 확인되었습니다."

장무선이 추가로 몇 마디 말을 덧붙였다.

"일전에 육 부인이 부친의 육순 잔치에 남편 진유호와 함께 하지 못하고 홀로 참석한 일이 있는데, 바로 그런 이유 때문입니다. 가뜩이나 밀리는 상황에서 오랫동안 집을 비운다는 것은 그냥 싸움을 포기한다는 것과 마찬가지니까요."

"당연한 것이겠지."

구원후가 고개를 끄덕이자 잠시 숨을 돌린 고창이 설명을 이어갔다.

"한데 그런 상황에서 불리한 상황을 역전시킬 반전의 패가 등장했습니다."

"반전의 패?"

"예, 친정을 다녀오던 육 부인이 잉태를 한 사실이 알려진 것입니다."

"잉태? 단지 그것이 반전의 패가 된단 말이냐?"

구원후가 고개를 갸웃거리며 의문을 표했다.

"그렇습니다. 장자와 장손이 사망했습니다. 그런데 진가부는 슬하엔 딸만 넷을 두었을 뿐이고 아들이 없습니다. 이런 상황에서 진유호가 아들을 보게 된다면 세가 내의 여론이 급변할 수가 있습니다. 서문혜가 세가의 핵심 인물들을 제아무리 많이 포섭했다고 하더라도 진유호에게 아들이 생긴다면 지금껏 중립을 지키고 있던 수많은 이들이 진유호에게 힘을 실어줄 가능성이 높습니다. 참고로 그녀를 진맥했던 의원의 말로는 아들이 틀림없다고 합니다."

"아무리 그렇다고 해도 어린애 하나 태어났다고 그렇게 힘이 쏠릴까?"

"방계 쪽에선 혈손이 많으나 본가 쪽에선 유일한 적자입니다. 소위 명문가라는 자들이 얼마나 혈통을 중시하는지 아시지 않습니까?"

구원후는 부정하지 못하고 고개를 끄덕이다 말했다.

"그런데 진가부에게 아들이 생기지 말라는 법은 없잖아. 혹시 알아? 나중에라도 보게 될는지."

"그의 나이 내일모레면 사십입니다. 늦둥이로 태어난 진유호보다 무려 열다섯 살이나 많지요. 게다가 딸만 넷입니다. 아들을 볼 수 있었다면 진즉에 보았을 것입니다. 뭐, 부인이 그보다는 한참 어리긴 하지만 씨가 워낙 부실해서 가능성은 없다고 봐야 할 것 같습니다."

고창이 단언하듯 말했다.

입가에 비웃음이 살짝 스쳐 지나갔다.

"그렇기도 하겠군."

구원후가 쓴웃음을 지을 때 잠시 침묵을 지키고 있던 장소선이 한숨을 내쉬며 입을 열었다.

"그런 상황에서 만삭이 된 육 부인이 보표를 부탁하고 나선 겁니다. 친정에 갈 때 동행했던 이들과 얼마 전에 본가에서 보내온 이들까지 합쳐 모두 서른 명에 가까운 호위를 두고 있음에도 말이지요. 이는 곧 그녀가 심각한 위협을 느끼고 있다는 것을 반증하는 것이기도 합니다."

구원후의 얼굴이 딱딱하게 굳었다. 그제야 사건의 심각성을 제대로 인식한 것이다.

"경덕진으로 향하는 인원이 몇이나 되지?"

장무선이 대답했다.

"오십 남짓입니다. 그중 표사만 따진다면 정확히 스무 명입니다."

"생각보다 큰 규모군."

"이번에 거래되는 도자기의 양이 워낙 많아서 그렇습니다. 아, 화영상단 자체에서 동원하는 일꾼들의 숫자도 삼십 정도 되는 것으로 압니다."

"만약 그녀의 의뢰를 받아들인다면 표사의 수를 늘려야겠지?"

"예, 추가로 삼십 정도는 투입할 수 있습니다만 그 이상은 무리입니다."

구원후가 회의적인 얼굴로 반문했다.

"표사들의 수가 도합 오십이라. 적지 않은 숫자이기는 하나 만약 최악의 상황이 벌어진다고 가정했을 때 상대가 화적들이나 녹림도가 아닌데 가능할까?"

잠시 머뭇거리던 장무선이 고개를 저었다.

"저들의 우려대로 어떤 공격이 있다고 가정했을 때 적들은 이미 삼십 명의 호위를 감안하고 공격을 한다는 것입니다. 또한 우리들의 숫자도 이미 파악을 하고 있겠지요. 저나 표두들, 그리고 몇몇 고참 표사들은 몰라도 대다수는 감당하기 어려울 겁니다."

"그렇다면 결론은 내려졌군. 불가능한 의뢰에 고민할 필요가 없잖아. 의뢰를 받아들이지 않으면 되는 것이지."

구원후가 결론을 내렸으나 집무실에 모인 이들 중 그 누구도 그것이 끝이라고 생각한 사람은 없었다.

화영상단에서 떨어져 나와 전대국주와 구원후 단 두 사람이 시작한 화영표국이 지금껏 성장할 수 있었던 것은 어떤 의뢰도 포기하지 않고 성실히 수행한다는 믿음, 혹은 약속 같은 것을 강호에 심어주었기 때문이다.

의뢰에 실패하여 인적, 물적으로 많은 손해를 입기도 하고 배상을 하느라 표국 자체가 휘청거리는 위기도 몇 번이나 있었다.

그럼에도 어떤 의뢰라도 받아들이고 성실히 수행한다는 기조는 변함이 없었다.

한데 지금 구원후의 말은 화영표국의 전통을 정면으로 부정하는 것이었다. 결코 받아들일 수 없는.

"농이 지나치십니다, 숙부."

장무선의 말에 구원후가 껄껄 웃으며 소리쳤다.

"이놈아! 농이니 할 수 있는 말인 게다. 애당초 결론은 정해져 있었어. 안 그러냐?"

구원후의 시선이 장소선에게 향했다.

"……"

"무엇 때문에 고민을 하는 것인지 안다. 지금의 표국이 과거와 다르다는 것도 알고. 하지만 전통이라는 것은 세우긴 어려워도 무너지긴 쉬운 법이다. 지켜야 할 가치가 있는 것이라면 어떤 희생을 치르고라도 지켜내야 한다고 본다. 물론 이 또한 죽는 날만 기다리고 있는 늙은이의 말이다. 어차피 판단은 네가 하는 것이고 난 어떠한 판단이라도 존중하고 지지할 의사가 있다."

구원후가 더없이 진지한 표정으로, 가슴을 탕탕 치며 격동에 찬 음성으로 말했다.

"설마요. 그럴 마음이 눈곱만큼도 없다는 건 여기 있는 모든 사람이 알고 있습니다, 숙부."

피식 웃는 장소선, 그의 전혀 예상치 못한 대답에 구원후가 두 눈을 동그랗게 떴다.

"뭐, 뭐라?"

"전통을 무시할 생각은 없으니 걱정하지 마십시오. 다만 지켜내는 방법은 과거와 조금 다르겠지요. 일단은 황산진가의 의뢰를 받아들일 생각입니다. 준비를 하려면 시간이 조금 부족하긴 해도 미룰 수도 없는 노릇이니 어떻게든 해봐야겠지요. 아, 참고로 이번 표행의 수장은 숙부님께서 맡아주셔야겠습니다."

"엥?"

"숙부님께서 지켜주지 않으시면 누가 나서 본 표국의 전통을 지킬 수 있겠습니까? 부탁드립니다."

장소선이 자리에서 일어나 허리를 숙였다.

어이없는 얼굴로 그를 바라보던 구원후가 탁자를 탕 치며
웃었다.

"어쩐지. 이러려고 이 뒷방 늙은이를 불렀구나."

"죄송합니다."

"홍! 아무튼 좋다. 그렇잖아도 조금 아쉽긴 했으니까. 이 정
도 표행이라면 늙은이의 은퇴식으론 부족함이 없겠구나."

화영표국, 나아가 장강 이남의 표사들에겐 그야말로 전설과
도 같은 풍룡창(風龍槍) 구원후.

오랜만에 피가 끓어오르는지 각오를 다지는 노장의 전신에
서 기운이 넘쳐흘렀다.

*   *   *

"그만."

"아이고, 죽겠다!"

말이 떨어지기가 무섭게 칼을 휘두르고 있던 용패가 죽는
소리를 하며 주저앉았다.

나무 그늘에 자리를 깔고 누워 용패의 수련을 지켜보던
풍월이 팔뚝에 앉아 침을 꽂으려는 모기를 때려잡으며 말
했다.

"거, 얼마나 휘둘렀다고 그럽니까? 내가 예전에 수련을 할

때는……"

'인간아. 그 얼마나가 무려 한 시진이다, 한 시진.'

풍월의 잔소리가 한참이나 이어졌지만 잔소리에 이골이 날 대로 난 용패는 무덤덤한 표정으로 물을 마셨다.

물인지 땀인지 모를 것으로 흠뻑 젖은 용패가 고개를 돌렸다.

그리곤 풍월 옆에서 가부좌를 틀고 앉아 있는 홍추를 약간은 부러운 듯한 눈길로 바라보았다.

눈치 빠른 풍월이 그것을 놓칠 리가 없었다.

"부러워요? 부러우면 다 때려치우고 홍추 형님처럼 그저 숨이나 내뱉던지."

"아, 아닙니다. 절대 아닙니다, 풍 공자."

용패가 깜짝 놀란 눈으로 손사래를 쳤다.

화영표국에서 풍월의 진면목을 어렴풋이라도 아는 이는 오직 자신뿐이다. 힘들기는 해도 제대로만 배우면 어디 가서 맞고 다니지는 않을 것이라는 풍월의 말을 철석같이 믿고 있었다.

지난 육 개월 동안 나름 많은 것을 배웠다.

비가 오나 눈이 오나 바람이 부나 표행을 떠난 곳에서도 반드시 한 시진 이상을 수련했던 마보와 철마진결이라 알려준 호흡법, 그리고 여전히 감을 잡기 힘든 보법이 그것이다.

최근엔 흑갈단주에게 배웠던 참살도(斬殺刀)를 대신해 섬풍삼도(閃風三刀)라는 도법을 배우고 있었는데, 풍월은 혼신을 다해 펼친 참살도를 보고 닭 모가지나 벨 때 쓰라는 독설을 내뱉기도 했다.

용패가 상념에 잠겨 있는 사이 풍월이 지그시 눈을 감고 호흡을 하고 있는 홍추를 바라보았다. 한데 표정이 참으로 기괴했다.

어떻게 보면 화가 난 것 같기도 하고 어떻게 보면 웃는 것 같기도 하며 어이없어하는 것 같기도 했다.

그도 그럴 것이 풍월은 용패뿐만 아니라 홍추에게도 무공을 가르치려 했다.

홍추의 궁극적인 목표가 거상이 되는 것이라 무공 자체가 크게 필요한 것은 아니었으나 무공을 익히면 도움이 되면 되었지 손해날 일은 없었기 때문이다.

섬에 있을 때 약간의 무공을 배웠던 홍추도 크게 기뻐하며 오히려 청하기도 했다.

문제는 그가 무공을 익힐 만한 자질이 전혀 없다는 것이다.

없어도 그렇게 없을 수는 없었다.

풍월이 제아무리 노력을 해도, 이를 악물고 손톱으로 살을 꼬집어가며 인내하고 가르치려고 노력해 보았으나 전혀 소용이 없었다.

하나를 배우면 둘은 고사하고 그 하나도 제대로 몰랐다. 아니, 백을 가르쳐야 겨우 하나를 알 정도로 형편없었다. 그저 몸 건강하게 하는 호흡법 하나만 겨우 가르치는 것으로 만족해야 했다.

'섬에서 무공을 가르쳐 주셨다는 분이 어떤 심정이었을지 묻고 싶다. 진짜!'

풍월이 애증 섞인 눈빛으로 바라보고 있을 때 홍추가 지그시 감았던 눈을 떴다.

"아, 개운하다."

풍월은 기지개를 켜는 홍추를 보며 어이없다는 표정을 지었다.

"운기조식을 제대로나 하고 그런 소리를 해봐요, 쯤."

짜증이 잔뜩 섞인 음성이었으나 홍추는 전혀 신경 쓰지 않았다.

"꾸준히만 하면 무병장수할 수 있다며? 이만하면 됐지 뭘 더 바라."

"그게 단순히 개운으로 끝나면 안 되는 거란 말입니다."

풍월이 답답함을 참지 못하고 가슴을 쳤다.

"내가 괜찮다는데 네가 왜 더 난리냐? 어차피 소질 자체가 없다는 건 너도 알고 나도 알잖아. 이제 그만 포기해. 그러다

병나겠다."

한숨을 푹푹 쉬는 풍월을 달랜 홍추가 땀에 흠뻑 젖은 용패를 보며 혀를 찼다.

"내일이 표행인데 너무 무리하는 거 아냐?"

"문제없다. 요즘 제대로 무공을 익히고 있어서 그런지 이 정도 피로는 잠자고 일어나면 금방 풀려."

"어후! 짐승이 따로 없다니까."

홍추가 고개를 내저었다.

"흐흐흐. 내가 좀 그렇긴 해."

함께 표행을 다니면서 친해진 두 사람은 스스럼없이 농을 던지며 웃었다.

"아참, 그런데 어떻게 결정됐냐? 너도 내일 표행에 나서냐?"

용패가 웃음을 거두고 조금은 굳은 표정으로 물었다.

"그럴 것 같다. 원래는 바로 일을 배울 것이라 했는데 상황이 조금 변했나 봐. 이번 표행을 끝으로 쟁자수 일을 그만두고 표국 일을 보게 될 것이란 언질을 받긴 했다."

"원래 가는 것 아니었어요?"

풍월이 처음 듣는다는 듯 물었다.

"이랬다저랬다 했어. 가는 것으로 예정되어 있다가 곧바로 일을 배우기로 했다가 결국은 마지막 표행을 마치기로 한 거지. 유종의 미를 거둔다고나 할까."

홍추가 대수롭지 않은 얼굴로 말했지만 용패의 표정은 과히 좋지 않았다.

"왜 그런 표정이야? 또 그 촉인가 뭔가가 안 좋냐?"

그동안 함께 지내며 용패의 촉이 상당한 적중력을 지니고 있다는 것을 알고 있는 홍추가 웃으며 물었다.

"그래, 느낌이 영 좋지 않아."

용패의 표정이 바뀌지 않자 홍추의 안색도 살짝 굳었다.

"이번에도 그냥 촉? 아니면 다른 이유라도 있는 거요?"

풍월이 물었다.

"딱히 이유랄 것은 없지만……."

말끝을 흐리던 용패가 몸을 부르르 떨며 말했다.

"지금처럼 불안했던 적이 없습니다. 어후, 이 닭살 돋는 것 좀 보십시오."

용패가 팔뚝을 내밀자 엉덩이를 들썩이는 홍추와는 달리 풍월은 눈곱만큼도 관심 없다는 얼굴로 말했다.

"이유야 내일이면 알 것이고. 충분히 쉬었으면 칼이나 들어요. 형님도 다시 시작하고."

"나도? 내일 표행에 나가려면 이것저것 준비할 것이……."

홍추가 슬그머니 발을 빼려는 모습을 보이자 풍월이 버럭 소리를 질렀다.

"쫌! 자질이 없으면 죽자고 노력이라도 좀 해보라고요."

"성질 좀 죽여라. 자꾸 그러면 화병난다니까. 그리고 죽자고 해도 안 되면 자질이 없는 거야. 남자라면 빨리 포기할 줄도 알아야지. 안 되는 걸 죽자고 잡고 있는 건 그저 시간 낭비일 뿐이지. 노력은 저 짐승 같은 녀석에게나 필요한 거다."

홍추는 어느새 칼을 들고 열심히 휘두르는 용패를 가리키며 느긋하게 몸을 돌렸다.

풍월은 부들부들 떨면서도 도망치듯 물러나는 홍추의 뒷모습을 그저 바라볼 수밖에 없었다.

다음 날, 용패의 불안감의 이유가 밝혀졌다.

경덕진으로 표행을 떠나기로 예정되어 있던 이들은 갑자기 늘어난 표사들의 숫자에 당황함을 금치 못했다.

원래 오십 명의 인원에서 표사가 차지하는 인원은 스무 명. 한데 모인 표사들의 수만 오십이 넘었다.

놀라운 것은 그 표사들을 이끄는 일곱 명의 표두들은 물론이고 나머지 표사들 모두가 화영표국에서 오랫동안 활약한 고참급의 표사들이라는 것.

그리고 더욱 놀라운 것은 이미 은퇴했다고 알려진 전설적인 대표두 구원후가 장무선 곁에 모습을 드러냈다는 것이다.

"영감님, 저 양반이 그렇게 대단합니까?"

풍월은 전혀 예상치 못한 구원후의 등장에 당황하면서도 하나같이 극도로 존경심을 표하는 표사들을 보며 그동안 나름 친분을 쌓아둔 곽거에게 슬쩍 물었다.

"대단하지. 풍룡창 구원후라면 한때 녹림과 장강수로채의 수적 놈들이 가장 두려워하는 분이었다. 특히 장창 하나를 들고 단신으로 장강수로채에 속한 수채 하나를 때려 부수며 얻은 풍룡창이란 별호는 무림에서도 인정을 받을 정도로 유명하다. 전대 국주님과 더불어 사실상 화영표국을 일으키신 분이야."

구원후를 소개하는 곽거의 음성에도 존경심이 한껏 묻어나 있었다.

"전 한 번도 못 봤는데요. 오다가다 마주치기라도 했을 텐데."

"이 년 전에 은퇴를 하셨으니까. 표국의 중요한 일에만 참석하실 뿐 항주 외곽의 자죽림에 칩거를 하고 계셨으니 마주칠 일이 없었겠지."

"한데 그런 대단한 양반이 뭣 때문에 갑자기 표행에 따라나서는 걸까요?"

"그건……."

곽거가 말끝을 흐렸다.

이번 표행에 쟁자수들을 이끌게 된 곽거는 이미 어느 정도 설명을 전해 들었지만 자신이 떠벌릴 일은 아니라고 판단했다.

"뭐, 차차 알게 되겠지요. 아무튼 지루하진 않겠네요."

상대가 알려주길 꺼려하는데 굳이 캐물을 필요를 느끼지 못한 풍월이 씨익 웃으며 말했다.

"차라리 지루했으면 좋겠다."

자신도 모르게 내뱉는 곽거의 무거운 한마디에 풍월은 뭔가 심상치 않은 일이 벌어지고 있음을 직감했다.

더불어 용패를 조금이나마 의심했던 자신의 무지를 반성하고 그의 측에 대해 무한한 존경심까지 품게 되었다.

"그런데 출발은 언제 한대요? 갈 사람들은 다들 모인 것 같은데."

풍월이 지루함을 참지 못하고 하품을 했다.

"아직 다 모인 건 아니다. 조금 더 기다려… 왔군."

곽거의 시선을 따라 주변 쟁자수들의 시선이 움직였다.

단출한 가마를 필두로 표국의 정문을 막 통과하는 일단의 사람들.

가마꾼을 포함하여 대략 사십 남짓한 인원이었는데 그 기세가 대단했다.

"영감님, 저들은 또 누구래요?"

홍추가 까치발을 치켜세우며 물었다.

"아마도 이번 난리의 주인공?"

흥미진진한 얼굴로 새롭게 등장한 이들을 바라보던 풍월은 가마의 문이 열리고 배를 조심히 감싸며 모습을 보인 여인을 보곤 멍한 표정을 지었다.

전체적으로 살이 찌기는 했으나 무척이나 익숙한 얼굴이었다.

'육 부인이 왜?'

육 부인의 등장에 온갖 의문이 들었다.

그녀가 임신을 했다는 것은 이미 알고 있었다.

자신의 경고대로 인근 의원을 찾았다가 병이 아니라 임신을 했다는 것을 알게 된 육 부인이 상당한 선물을 보내왔다. 관후상도 직접 찾아와 고맙다는 인사를 하고 갔고.

"황산진가가 등장하는 것을 보니 이거 단순한 표행이 아닌 모양이네요."

풍월의 말에 곽거는 침묵을 지켰다. 그 침묵이 의미하는 바를 모르지 않았다.

"쯧쯧, 난리네. 아주 난리야."

세간에 떠도는 풍문을 통해 황산진가의 사정을 접한 풍월은 거의 만삭의 몸으로 진가로 돌아가려는 그녀를 안쓰럽게 바라보았다.

그것도 잠시, 무슨 생각을 한 것인지 풍월의 표정이 갑자기 밝아졌다.

'많이 위험하단 말이지. 무슨 사달이 나도 날 것 같고. 잘하면 이번 기회에⋯⋯.'

풍월의 뇌리에 어쩌면 홍추와 화영표국, 육 부인에 대한 빚을 제대로 청산할 수도 있다는 생각이 떠올랐다.

풍월이 혼자만의 망상에 빠져 있을 때 표국의 수뇌들과 몇 마디 말을 주고받은 육 부인이 곧바로 가마로 돌아갔다.

육 부인이 가마에 오르는 것을 확인한 국주가 모두의 무사 귀환을 당부하는 말을 끝으로 위험천만한 표행이 시작되었다.

*　　　　　*　　　　　*

'저놈이 또.'

방일홍이 슬그머니 뒷걸음질 치며 후미에서 따라오는 황산진가 일행에게 향하는 풍월을 보곤 미간을 찌푸렸다.

육 부인과 인연이 있다는 말은 들었다. 하지만 그거야 개인적인 일이고, 지금은 화영표국의 쟁자수로서 직무에 충실해야 한다.

지금처럼 중대한 표행일수록 그런 원칙이 제대로 지켜져야 하는 법이다.

앞으로의 표행을 위해서라도 분명히 짚고 넘어가야 할 일이었다.

방일홍이 노한 표정으로 풍월을 불러 세우려 할 때 곽거가 그의 팔을 잡았다.

"놔둬."

"하지만 조장님."

"놔두라고."

곽거의 나직한 목소리에 방일홍도 고집을 피울 수가 없었다. 그래도 불만이 가시진 않았다.

"한두 번도 아니고 저놈의 방종을 왜 그렇게 용납하시는지 이해를 할 수가 없습니다. 녀석이 홍추를 따라 쟁자수가 되었다는 것 때문에 그러십니까? 그렇다고 해도 공사는 구별해야 한다고 봅니다."

곽거가 지나치다시피 풍월을 옹호하는 것이 답답하다는 듯 말하자 곽거가 그의 어깨를 가볍게 두드렸다.

"그렇다고 피해를 준 적도 없잖아. 신경 꺼. 그게 편해. 어차피 우리의 길을 갈 놈도 아니고. 종자가 달라."

건들거리며 가마를 향해 걷는 풍월을 바라보는 사람은 곽거와 방일홍뿐만이 아니었다.

풍월을 데리고 세 번의 표행을 함께한 표두 종두인의 표정도 참으로 묘했다.

"후~"

한숨이 흘러나온다.

곽거가 나서지 않으면 자신이라도 엄하게 질책을 해야 했으나 그럴 수가 없었다.

풍월이 목숨의 빚을 갚는다고 홍추를 따라 쟁자수로 일하고 있다는 것이 표국 내에 알려지며 제법 화제가 되었고, 이를 알게 된 대표두 장무선이 껄껄 웃으며 어지간한 일이 아니면 간섭하지 말라고 당부를 했기 때문이다.

'참자. 어차피 이번이 마지막 표행이라고 했으니까.'

홍추가 쟁자수 일을 그만두면서 풍월 역시 표국을 떠날 것이란 사실은 이미 널리 알려진 사실이다.

따지고 보면 그동안 풍월의 인상이 그렇게 나쁜 것도 아니었다. 물론 성실함과는 조금 거리가 있었지만.

곽거와 종두인이 모른 척하는 사이 풍월이 가마와 나란히 섰다.

새롭게 합류한 황산진가의 무인들이 그의 접근을 막으려 했으나 호위하는 관후상의 손짓에 별다른 제지 없이 가마에 접근할 수 있었다.

"험험."

풍월의 헛기침에 가마의 쪽창이 열리고 주렴이 걷혔다.

"오랜만에 뵙네요, 부인."

풍월이 씩 웃으며 인사했다.

"그래요, 정말 오랜만이네요."

육 부인이 활짝 웃으며 반가워했다.

"무사히 건강을 회복했다고 들었습니다. 배 속의 아기도 건강하지요?"

"그래요. 모두 풍 소협 덕분이에요."

풍월을 보는 그녀의 눈은 무척이나 우호적이었다.

당연했다. 풍월의 충고가 아니었다면 굳이 의원을 찾지 않았을 것이고 당연히 임신한 사실도 알지 못했을 터.

무리해서 여행을 계속했다면 자신은 고사하고 배 속의 아이는 지금껏 살아 있지 못했을 테니 은인도 그런 은인이 없었다.

어미의 마음을 알기라도 하듯 거센 태동이 느껴졌다.

"배 속의 아이도 고맙다고 하는군요."

육 부인이 태동이 느껴지는 아랫배를 가만히 쓰다듬으며 말했다.

"하하! 별말씀을."

괜히 민망한 마음이 든 풍월이 너털웃음을 지었다.

그렇게 잠시 몇 마디 담소를 나눈 뒤, 풍월이 화제를 바꿨다.

"그런데 꽤나 상황이 좋지 않은 것 같네요. 이 정도 호위로도 부족해서 화영표국의 힘까지 빌릴 생각을 한 것을 보면요."

풍월의 말에 육 부인이 씁쓸한 미소를 지었다.

"그렇게 되었어요. 미안하네요. 저 때문에 풍 소협까지 괜한 일에 휩쓸리게 된 것 같아서요."

"제가 결정한 것도 아닌데 미안해하실 일은 아니지요."

대수롭지 않게 대꾸했지만 풍월은 그녀의 말에서 등줄기가 싸한 느낌을 받았다.

'단순히 염려가 아니라 무슨 일이 벌어질 것이라 확신하는 눈치네.'

문득 의문이 들었다.

육 부인이 이토록 위험을 느낄 정도라면 본가에서도 그런 상황을 모르지 않을 터. 후계 싸움이 아무리 치열하게 벌어지고 있다고 해도 그녀의 남편이 그걸 모르지 않을 것인데 호위가 너무 빈약했다.

풍월은 궁금함을 참지 못하고 물었다.

"그렇게 어째서 이렇게 호위가 적은 겁니까? 이번에 새롭게 합류한 호위들의 숫자도 얼마 되지 않는다고 들었습니다. 그리고……."

호위들을 쓰윽 살펴본 풍월이 미간을 찌푸리곤 살짝 고개를 숙였다.

"그다지 뛰어나 보이지도 않는데요."

대답은 그녀가 아니라 어느새 가마 곁으로 다가온 관후상의 입에서 흘러나왔다.

"그건 어쩔 수가 없었네."

육 부인과 시선을 마주하며 잠시 멈칫거렸던 관후상이 말을 이었다.

"자네도 소문을 들었다면 황산진가의 상황이 어찌 흘러가는지 알고 있겠지?"

"대충은요."

"이 부인이 막강한 금력으로 가문의 실세들을 모조리 포섭했다고 하는군. 심지어 자식을 위해 호위를 보내는 일에도 제동을 걸 정도로 힘에 부치는 모양이야. 최근 들어 인근 문파와 분위기도 좋지 않다고 하고. 얼마 전엔 수십 명의 사상자가 발생할 정도로 큰 충돌이 벌어지면서 함부로 병력을 뺄 수도 없는 상황이라네. 그나마도 중립을 지키고 있는 원로들의 도움으로 호위들을 보낼 수 있었다고 하더군."

"이야, 대단한데요. 시기도 기가 막히고. 신흥 삼대세가로 명성 높은 황산진가를 공격할 수 있는 문파가 있다니요. 도발을 했다는 그 문파가 뭐 사대세가라도 되는 모양이지요?"

풍월의 비아냥 섞인 질문에 관후상은 아무런 대답도 하지 못하고 분노로 가득한 얼굴로 입술을 깨물었다.

풍월이 느끼듯 그들 역시 이 일에 모종의 음모가 개입했음을 느끼고 있는 것이다.

"아예 해남파에 도움을 청하질 그랬어요."

"그건……."

"제가 거부했어요."

육 부인이 단호히 말했다.

"전 이제 황산진가의 사람이에요. 아무리 상황이 좋지 않다고 해도 본가의 힘을 빌릴 수는 없어요. 자칫 더 큰 문제로 야기할 수 있고요."

'쯧쯧, 순진한 건지 어리석은 건지. 상대는 그 처가의 힘을 적극 활용하고 있단 말입니다.'

풍월이 내심 혀를 차고 있을 때 약간은 어색해진 분위기를 바꿔보려 함인지 그녀가 화제를 바꿨다.

"풍 소협이 화영표국에, 그것도 쟁자수가 되었다는 말을 듣고 꽤나 놀랐어요."

"저도 그렇습니다. 설마하니 제가 이 꼴을 하게 될 줄 상상이나 했겠습니까?"

풍월이 등에 멘 짐을 들썩이며 말했다.

경덕진에서 도자기를 구입하기 전이었으나 쟁자수라는 직책상 그래도 상당한 짐을 메고 있었다.

"빚을 갚기 위함이라면서요."

"그랬지요."

"그래서, 빚은 갚았나요?"

육 부인이 웃음 지으며 물었다.

"아직이요. 자잘한 도움은 줬다고 생각은 하는데 목숨 빚을 갚았다고 할 정도는 아니네요."

김빠진 음성으로 대답하던 풍월이 앞서가는 홍추와 용패를 슬쩍 바라보며 눈빛을 빛냈다.

'그래서 이번 표행에 조금은 기대를 하고 있습니다.'

모두에게 불행한 일이나 묘하게 흘러가는 주변 상황이나 육 부인의 반응, 무엇보다 용패의 속을 감안했을 때 분명 뭔 일이 벌어질 것만 같았다.

하지만 풍월의 기대와는 달리 며칠이 지나도록 별다른 문제는 발생하지 않았다.

*   *   *

"채주님."

쥐의 두상을 한 사내가 빠른 걸음으로 달려왔다.

체구도 볼품없었고 무공조차 지니지 않았지만 오직 타의 추종을 불허하는 강단과 나름 뛰어난 두뇌로 천목채 칠두령 중 한자리를 낚아챈 간웅이었다.

"도착했나?"

상석에 앉아 반라 여인의 젖가슴을 희롱하고 있던 천목채주 목웅이 술잔을 들며 물었다.

"예, 상산곡에서 야영 준비를 하고 있다고 합니다."

"하면 내일 정오 남짓해서 미호령을 넘겠네."

"그간의 이동 속도로 보아 틀림없을 겁니다."

"매복해서 공격하기에 그만한 장소도 없지. 문제는 우리가 놈들을 감당할 수 있느냐는 건데."

목웅이 젖가슴을 거칠게 움켜쥐자 여인의 입에서 고통의 신음이 흘러나왔다.

그것이 마음에 들지 않는지 여인을 침상 밖으로 패대기친 목웅이 거대한 몸을 일으켰다.

"화영표국 놈들이야 쪽수로 밀어버리면 그만이겠지만 황산 진가 놈들은 그리 만만치가 않단 말이지. 안 그래?"

"풍룡창이 나선 이상 솔직히 화영표국도 쉽지는 않습니다."

"그 늙은이야 내 도끼질 몇 번이면……."

자신만만하게 외치던 목웅이 간옹의 입꼬리가 올라가는 것을 보곤 말끝을 흐렸다.

"왜?"

"풍룡창이라면 무림에서 제법 명성을 날리는 자들도 나

름 인정해 주는 고수입니다. 채주의 도끼 실력을 무시하는 것은 아니나 괜스레 힘만 믿고 덤볐다간 뒈지기 딱 좋습니다."

"싸가지 없는 새끼. 아무리 사실이라도 좀 돌려서 말할 순 없냐? 아주 심장을 후벼 파는구나."

목웅이 키득거리며 말했다.

"무모하게 뒈지는 것보다는 낫지요."

"그래서 어쩌자는 거야? 그 많은 돈을 포기할 수는 없잖아."

목웅이 심드렁한 얼굴로 물었다.

"그러니까 누가 독단으로 일을 벌이랍니까? 애당초 받지 말았어야 합니다."

"시끄러. 누구라도 그 돈을 보면 눈이 휙 돌았을 거다. 젠장, 지금이라도 쨀까?"

"감당할 자신이 있으면요."

간옹의 말에 잠시 생각을 하던 목웅이 고개를 흔들었다.

"아니다. 화영표국이 쉽겠다. 지금 생각해 보면 아무래도 그놈들 배후에 더 큰 놈들이 있을 것 같아."

오락가락하는 목웅의 모습에 한숨을 내쉰 간옹이 입을 열었다.

"어차피 우리는 적당히 싸우며 화영표국의 발목만 잡으면 되는 겁니다. 황산진가는 그놈들이 맡기로 했으니까요."

"적당히 싸워라?"

"예, 뒷일도 생각해야지요. 괜스레 화영표국에 힘을 쏟다가 뒤통수 맞기 딱 좋습니다."

간옹은 화영표국보다는 엄청난 거금을 이용해 목웅을 움직이게 만든 자들을 보다 경계했다.

"하긴, 이 바닥에 믿을 놈은 없으니까."

"그러니까 힘만 믿고 무작정 들이대지 말라고요. 풍룡창은 진짜 위험한 노인넵니다."

"그게 잘될지는 모르겠다. 네 말대로 그렇게 뛰어난 늙은이라면 적당히 하다간 골로 갈 수 있으니까."

"아무튼요. 나름 안전 장치는 마련했다고는 해도 조심에 또 조심해야 합니다."

"알았다. 알았으니까 잔소리는 좀 그만해라."

목웅이 건성으로 손짓을 했다.

"아, 그런데 나머지 두령들에겐 얘기했습니까?"

"……"

간옹의 눈초리가 매서워졌다.

"아직도 정확한 얘길 안 한 겁니까?"

목웅이 덩치에 어울리지 않는 간드러진 미소를 지으며 말했다.

"그냥 위에서 내려온 명령이라고 계속 밀고 가면 안 될까?"

간옹이 버럭 소리를 질렀다.

"지랄을 하십쇼."

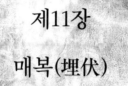

제11장

매복(埋伏)

항주를 떠난 표행이 어느덧 청경봉에 도착했다.

청경봉은 절강성과 안휘성의 경계라 할 수 있는 천목산맥 아래쪽에 위치한 곳인데 녹림십팔채에 속한 천목채가 바로 이곳에 있었다.

천목채가 인근에 있다고 해도 다들 큰 문제는 없을 것이라 여겼다.

화영표국에선 이미 파견 나온 천목채의 산적들에게 통행세를 두둑이 주고 안전을 담보할 수 있는 깃발을 얻은 상태였다. 그것도 무려 세 개나.

처음 통행세를 내고 깃발을 얻으면 이후엔 따로 통행세를 낼 필요가 없었다. 그저 술값이나 하라고 몇 푼 쥐어주면 그것으로 끝이었고, 산적들도 그에 대해선 별 불만을 가지지 않았다.

그것이 그들의 불문율이었다.

그럼에도 화영표국은 산적들을 만날 때마다 거의 통행세에 준하는 돈을 듬뿍 안겨주었다. 이는 사소한 충돌이라도 미연에 방지하겠다는 화영표국의 의지였다.

이들의 생각을 전해 들은 황산진가 측에서도 그에 들어가는 비용 일부를 더 지불하겠다고 알려왔다.

양측 모두 황산까지 이대로 무사히 표행이 끝나지는 않을 것이며, 분명 어떤 불상사가 생길 것이라 짐작하고 있었다. 더불어 그때를 대비하기 위해서라도 녹림과는 어떤 충돌도 있어서는 안 된다는 것을 너무도 잘 알고 있는 것이다.

하지만 모든 일이 예측대로만 되는 것은 아니었다.

길게 늘어선 표행이 청경봉 중턱, 비룡재를 막 넘고 있을 때 느닷없이 날아든 화살이 그것을 증명했다.

날카로운 파공성과 함께 곳곳에서 비명이 터졌다.

"습격이다. 조심해랏!"

구원후가 날아드는 화살을 쳐내며 소리쳤다.

그의 장창이 움직일 때마다 주변으로 쏟아지던 화살이 흔적도 없이 사라졌다.

주변으로 날아든 화살을 쳐낸 구원후는 이미 화살이 날아온 숲을 향해 몸을 날리고 있었다.

장무선의 눈짓에 표두 둘과 열다섯 명의 표사가 구원후를 따라 움직였다.

장무선의 시선이 후미에 따라오고 있는 황산진가로 향했다.

황산진가의 대응 역시 기민했다.

육 부인의 개인 호위라 할 수 있는 관후상과 관요는 가마 좌우에 서서 날카로운 눈빛을 뿜어냈다.

황산진가의 무인 중 절반은 가마를 보호하기 위해 주변을 에워쌌고, 나머지 무인들이 화살이 날아드는 숲으로 뛰어들었다.

좌우 숲에서 온갖 고함 소리와 욕설, 병장기 부딪치는 소리가 들려왔다.

"내 이럴 줄 알았다니까요. 내가 그랬죠? 확실히 느낌이 좋지 않다고."

용패의 말에 풍월이 어깨를 으쓱거렸다.

풍월 역시 매복하고 있던 자들의 존재는 알고 있었다. 다만 그냥 모른 척하고 있었을 뿐이다. 정확히 말하자면, 모른 척하고 있다기보다는 언제부터인지 묘하게 거슬리는 것이 있어 신경을 쓰지 않았다는 것이 맞을 것이다.

그렇다고 본분까지 잊은 것은 아니다.

날아든 화살의 대부분이 표사들과 황산진가의 무인들을 노렸지만 쟁자수들에게도 제법 많은 수의 화살이 날아들었다.

물론 적절히 손을 쓴 덕분에 쟁자수 중 화살에 맞아 다친 사람은 아무도 없었다.

홍추처럼 겁에 질려 나뒹굴다가 손과 무릎이 까지고 이마가 살짝 깨진 이들 몇이 전부였다.

"야, 왜 그래? 설마 화살이라도 맞은 거냐?"

납작 엎드린 채 혹시나 눈먼 화살이 날아들까 이리저리 눈동자를 굴리던 용패가 잔뜩 겁을 먹고 온몸을 떨고 있는 홍추를 보곤 물었다.

"아, 아니. 그게 아니라……."

홍추는 고개도 제대로 들지 못했다.

지금껏 몇 번의 표행을 다녀봤지만 지금처럼 급박한 상황은 겪어본 적이 없었다.

첫 번째 표행에서 천목채의 산적들과 잠시 살벌한 신경전을 벌였던 것이 전부다. 그때도 사실상 양측에서 짠 것이나 마찬가지였다.

그러나 지금은 아니다. 실전이다. 목숨을 잃은 것인지는 확인이 되지 않았으나 화살을 맞고 쓰러진 표사들도 몇 보였다.

"쫄기는. 걱정하지 말고 내 옆에만 붙어 있어요. 그럼 화살 맞을 걱정은 없을 테니까."

어느새 날아든 화살을 손가락에 끼고 빙글빙글 돌리고 있는 풍월이 귀를 쫑긋거리며 웃었다.

눈으로 보이진 않았지만 그는 양쪽 숲에서 벌어지고 있는 싸움의 판세를 정확하게 읽고 있었다.

"와아!"

청경봉을 뒤흔드는 외침과 함께 매복을 무력화시키기 위해 숲으로 뛰어들었던 표사들과 황산진가의 무인들이 힘없이 뒤로 밀려 나왔다.

황산진가의 무인들은 셋이, 표사들은 무려 절반이 나오지 못했다.

"괜찮으십니까?"

장무선이 숲에서 튕겨져 나와 잠시 몸을 휘청거린 구원후의 등을 받치며 물었다.

"괜찮아. 그저 힘에 밀렸을 뿐이다."

밀렸다는 것 자체가 굴욕이라는 표정을 지은 구원후가 장창을 꼬나들고는 자신을 숲 밖으로 튕겨 보낸 적을 차갑게 노려보았다.

장무선은 구원후를 밀어낸 인물을 보고 그대로 굳었다.

"목 채주! 어떻게 당신이……."

부릅뜬 눈동자가 거세게 흔들리고 입이 절로 벌어졌다.

암습한 자들이 설마하니 천목채의 산적들일 줄은 전혀 상상도 하지 못했다는 표정이었다.

당연했다. 이미 천목채 휘하의 산적들에게 세 번이나 통행세를 냈다. 그 증표로 깃발 세 개까지 받았다.

설사 통행세를 내지 않았다고 해도 이렇듯 예고 없이 기습을 한다는 것은 그동안의 관례상 있을 수가 없는 일이었다.

'통행세를 지불하면 녹림십팔채의 영향권에선 안전을 보장한다'라는 대전제가 무너진 것이다.

"어째서 우리를 공격한 것이오? 그동안의 관계를 깨자는 것이오?"

장무선이 차갑게 물었다.

"……."

천목채주 목웅은 아무런 대답도 하지 않았다.

"통행세를 원한다면 더 낼 용의도 있소."

장무선이 한 걸음 물러나 타협점을 찾고자 했으나 목웅은 여전히 묵묵부답. 구원후가 가소롭다는 듯 말했다.

"흥! 애당초 통행세를 원했다면 이런 식의 공격은 없었겠지. 비록 세인들에겐 산적들의 우두머리라 욕을 먹고는 있으나 녹림십팔채의 총채주는 누가 뭐라 해도 당대의 영웅. 이처럼 치졸한 짓을 하지는 않는다. 결국 네놈 독단이란 말인데. 뭐냐?

대체 무슨 이유로 우리를 공격하는 것이냐?"

구원후가 날카롭게 추궁했다.

총채주라는 말이 나왔을 때 목웅의 눈동자가 눈에 띄게 흔들렸으나 잠시뿐이었다.

"설마 육 부인을 노린 것이오?"

바로 이어진 장무선의 물음에도 목웅은 전혀 반응을 보이지 않았다. 자신도 모르는 사이 후미 쪽에 위치한 가마를 슬쩍 쳐다보는 것이 전부였다.

"난 명을 받고 움직일 뿐이다."

마치 모두에게 들으라는 듯 크게 소리친 목웅이 커다란 대감도를 휘두르자 사방에서 대기하고 있던 천목채의 산적들이 커다란 함성과 함께 일제히 공격을 시작했다.

산적들은 정확히 병력을 반으로 나누어 절반은 표사들을, 나머지 절반은 황산진가를 노렸다.

조금의 위협도 되지 못한다고 여겼는지 쟁자수들은 신경도 쓰지 않았다. 덕분에 풍월은 보다 여유롭게 양측의 싸움을 관찰할 수 있었다.

"이야! 명성대로 대단하네. 표사들이 신처럼 떠받들 만해. 그걸 모조리 받아내는 저치도 대단하고."

풍월은 백발을 휘날리며 폭풍과도 같은 공격을 이어가는 구원후와 그의 공격을 모조리 막아내는 목웅을 보며 감탄을 금치 못했다.

풍룡창이란 별호답게 노익장을 과시하며 매섭게 몰아치는 구원후의 창술도 대단했지만 그런 구원후를 맞이해서 조금도 밀리지 않는 목웅의 무위 또한 대단했다. 최근 들어 녹림십팔채의 힘이 어째서 그리 강성해졌는지를 간접적으로나마 보여주는 것이었다.

풍월이 시선을 돌렸다.

화영표국의 표사들과 비교해 천목채 산적들의 수가 거의 세 배가 넘었음에도 싸움은 어느 한쪽으로 쉽게 기울지 않았다.

이유는 간단했다. 무당파의 속가제자이자 화영표국을 대표하는 장무선이 발군의 실력을 보여주고 있었기 때문이다.

곳곳에서 수하들을 지휘해야 할 칠두령이 서슬 퍼런 장무선의 기세에 쉽게 흩어지지 못하면서 힘의 균형이 적절하게 유지되고 있는 것이다.

격렬한 싸움이 벌어지고 있는 곳과는 달리 후미, 황산진가 쪽에서 벌어지고 있는 싸움은 생각보다 싱거웠다.

표사들보다 숫자는 적었지만 강호에서 명성을 날리고 있는 황산진가의 무인들답게 개개인의 실력이 표사들과 비할 바가 아니었다.

게다가 가마를 지키고 있던 관후상과 관요는 해남파에서도 손꼽히던 제자들로 실력으로 따지자면 장무선 이상이었다.

관후상이 육 부인의 명을 받고 황산진가의 무인들을 돕기 위해 본격적으로 움직이자 전세는 급격하게 기울었다.

"이쪽은 큰 문제가 없을 것 같군."

풍월이 손에 든 작은 돌멩이 하나를 손가락으로 튕기며 중얼거렸다.

공간을 가르고 날아간 돌멩이가 격전을 벌이고 있는 어떤 표사의 배후를 노리던 산적의 미간에 적중했다.

외마디 비명에 깜짝 놀라 고개를 돌린 표사가 비틀거리는 산적을 보며 의문을 표했지만, 궁금함을 풀기 전에 칼을 휘두르는 것이 먼저였다.

그것을 시작으로 풍월이 본격적으로 움직이기 시작했다.

대놓고 나서서 산적들을 공격한 것은 아니다.

무림에선 삼 푼의 실력을 감추고 있어야 한다는 말이 격언처럼 통했지만 풍월은 '삼 푼이 아니라 칠 푼을 감춰도 부족하지 않다'라는 말을 매일같이 들으며 자랐기에 표사들을 도우면서도 나름 자신의 존재를 감추기 위해 애썼다.

화영표국에 진 빚을 갚는 것은 나중에 장무선에게 자신의 활약을 슬쩍 밝히면 충분하다 여겼다.

벌써 십여 차례나 표사들을 구해내며 영웅놀이에 심취해 있던 풍월이 막 돌멩이를 튕기려고 할 때였다.

섬뜩한 살기가 그의 등줄기를 훑고 지나갔다.

돌멩이를 튕기는 것과 동시에 고개를 돌린 풍월의 시선에 암습을 당해 쓰러지는 관요의 모습이 들어왔다.

말 그대로 일격필살.

적의 검은 관요가 미처 반응을 하기도 전에 그의 가슴을 꿰뚫었고 곧바로 가마에 타고 있는 육 부인을 노렸다.

풍월의 표정이 차갑게 굳었다.

언제부터인가 느껴졌던, 묘하게 거슬렸던 기운의 정체를 비로소 알게 된 것이다.

'산적 따위의 실력이 아니다.'

육 부인을 곁에서 호위하는 관요의 실력을 감안했을 때, 그가 제대로 된 반응도 하지 못하고 허무하게 당했다는 것은 암습한 적의 실력이 관요를 압도한다고 볼 수밖에 없었다.

이는 구원후와 목웅을 포함하여 지금 전장에서 싸우고 있는 그 누구도 절대 불가능한 실력이었다.

그것만이 아니었다.

가마 주변을 에워싸고 있는 황산진가의 무인들 또한 갑작스레 등장한 괴인들의 암습에 힘없이 쓰러지고 있었다.

살수라 짐작되는 괴인들의 숫자가 어림잡아도 열이 넘었다.

육 부인의 위험을 직감한 풍월은 이미 혼신의 힘을 다해 움직이고 있었다.

단 한 번의 도약으로 십여 장이 넘던 거리가 단숨에 좁혀졌다.

하지만 적의 검이 훨씬 빨랐다.

관요의 숨통을 끊은 검이 순식간에 가마를 반으로 갈라 버린 것이다.

풍월은 자신도 모르게 눈을 질끈 감았다.

활짝 웃던 육 부인이 처참하게 쓰러지는 모습이 뇌리를 스치고 지나갔다.

나직한 비명이 들렸다.

감겼던 풍월의 눈이 번쩍 떠졌다.

반으로 쪼개져 흩어지는 가마 너머로 육 부인의 몸이 보였다.

바닥에 쓰러져 제대로 움직이지 못했으나 상상했던 처참한 모습은 아니었다.

고통과 분노, 두려움으로 점철된 얼굴이었지만 목숨을 잃을 정도로 치명적인 부상을 당한 것 같지는 않았다.

"해남파!"

풍월이 자신도 모르게 소리쳤다.

명색이 해남파의 후손이 무공을 익히지 않았을 리가 없었다. 비록 만삭의 몸이라 제대로 발휘하진 못하겠지만 어쨌든 적의 공격에서 용케도 목숨을 구했다.

그녀가 무공을 익히고 있다는 것을 미리 알고 있었는지 살수는 전혀 당황하지 않았다. 오히려 비릿한 미소를 지으며 그녀를 향해 다가갔다.

첫 번째 공격을 피해내는 과정에서 이미 상당한 충격을 받은 모양인지 육 부인은 거의 움직이지를 못했다.

살수의 검이 그녀의 목으로 향했다.

육 부인은 고개를 돌리지 않았다.

당당히 죽음을 맞이하겠다는 듯 두 눈을 똑바로 뜨고 살수를 응시했다. 다만 자신도 모르게 몸을 굽히고 양팔로 배를 감싸고 있는 것은 죽음으로도 어쩌지 못하는 어미의 본능이리라.

그것만으로 충분했다.

조금 전, 찰나의 시간을 번 것만으로도 그녀는 그녀 자신과 배 속에 있는 아기를 지킬 자격이 있었다.

'아!'

죽음만을 기다리던 육 부인의 눈동자가 크게 흔들렸다.

자신과 아이의 목숨을 노리던 검이 눈앞에서 멈췄다.

잔인한 미소를 짓던 살수의 표정은 딱딱하게 굳었고, 석상처럼 굳은 몸은 움직일 줄을 몰랐다.

살수를 바라보던 육 부인의 눈에 의혹이 깃들 때 살수의 뒤에서 전혀 상상도 하지 못한 얼굴이 보였다.

"괜찮으시죠?"

갑작스레 등장한 풍월을 보며 육 부인은 아무런 대꾸도 하지 못했다.

"하마터면 큰일 날 뻔……."

가벼운 웃음으로 육 부인을 안심시키려던 풍월이 살수의 뒷덜미를 낚아채 옆으로 휘돌렸다.

우측에서 암습을 하던, 녹림도의 옷을 입고 있는 살수의 검이 동료의 가슴을 꿰뚫었다.

갑작스런 상황임에도 살수는 전혀 동요하지 않고 검을 더욱 깊게 찔렀다.

검이 살수의 몸을 뚫고 나오자 풍월은 이미 숨이 끊긴 살수의 몸에 일격을 날렸다.

검은 더 이상 접근하지 못하고 오히려 동료의 몸에 부딪친 살수가 힘을 이기지 못하고 비틀거렸다.

살수의 몸에 일격을 날림과 동시에 허공으로 도약한 풍월의 왼발이 비틀거리는 살수의 어깨를 찍었다.

살수는 외마디 비명과 함께 무너지면서도 검을 들어 반격을 시도했다.

풍월의 오른발이 살수의 손목을 걸어찼다.

손목이 부러지고 손에 들렸던 검이 허공으로 치솟자 살수의 어깨를 발판 삼아 다시금 도약한 풍월이 몸을 빙글 회전시키며 검을 후려쳤다.

화살처럼 날아간 검의 방향은 아직도 놀란 가슴을 진정시키지 못하고 있는 육 부인 쪽이었다.

풍월이 걷어찬 검이 날아옴에도 육 부인은 아무런 반응도 하지 못했다. 몸을 움직일 힘도 없었고 설사 힘이 있다고 해도 제대로 반응을 하지 못할 정도로 검의 속도가 빨랐기 때문이다.

검이 육 부인의 귀밑을 스쳐 지나갔다.

풍압에 의해 삼단 같은 머리카락이 거칠게 흩날리고 살갗이 살짝 베어진 귀밑에서 핏방울이 맺힐 때 육 부인은 자신의 뒤에서 뭔가가 부딪치는 둔탁한 소리를 들었다.

천천히 고개를 돌린 육 부인의 눈에 믿을 수 없다는 눈빛으로 쓰러져 있는 또 다른 살수가 들어왔다.

검에 실린 힘이 어쩌나 강력했는지 살수의 가슴을 뚫고 들어간 검이 손잡이밖에 보이지 않았다.

"이런, 피가 나네요. 죄송합니다. 상황이 좀 급해서."

검을 걷어차 육 부인의 후미에서 조용히 접근하던 살수를 쓰러뜨리고 어깨와 손목이 완전히 뭉개진 살수의 숨통을 끊고 달려온 풍월이 육 부인의 귀에서 흘러내리는 피를 보곤 민망한 표정을 지었다.

"아, 아니에요. 이 정도는……."

육 부인은 아직도 자신에게 벌어진 상황을 쉽게 납득하지 못하고 뭐라 말을 잇지 못했다.

이해한다는 듯 고개를 끄덕인 풍월이 슬쩍 주변을 둘러보며 말했다.

"아직 끝난 건 아닌 것 같네요. 그래도 별일은 없을 테니까 걱정하진 마시고요."

풍월은 온갖 비명과 욕설이 난무하고 피가 튀는 전장과는 전혀 어울리지 않는 미소를 짓고는 가마가 부서지며 떨어져 나온 각목을 집어 들었다.

미소 띤 얼굴과는 달리 각목을 든 풍월의 기세는 무서웠다.

그 기세가 슬금슬금 접근하는 일곱 명의 산적들에게 향했다. 산적들로 변장하여 황산진가의 식솔들을 암습했던 바로 그 살수들이었다.

살수들이 내뿜는 살기가 어찌나 짙은지 육 부인이 자신도 모르게 두려움에 떨었다.

"푸, 풍 공자……."

"이런 잡스런 기운에 놀랄 필요 없습니다."

육 부인의 어깨를 부드럽게 짚은 풍월이 각목을 슬쩍 내젓자 언제 그랬냐는 듯 온 공간을 잠식하던 살기가 씻기듯 사라졌다.

"마음 편하게 가라앉히세요. 듣자니 엄마가 놀라면 배 속에 아기도 놀란다고 하더라고요. 아, 태교에 안 좋을 수 있으니까 잠시 눈을 감고 있는 것도 좋겠네요."

그 말에 이끌리기라도 하듯 육 부인이 가만히 눈을 감았다. 불안에 떨던 조금 전과는 달리 꽤나 평온한 얼굴이었다.

육 부인과 풍월을 에워싼 살수들은 쉽게 공격을 하지 못했다.

수적 우세임에도 불구하고 갑자기 등장해 자신들의 상관을 눈 깜짝할 사이에 제거한 풍월의 실력이 보통이 아니라는 것을 의식한 것이다.

하지만 그들은 어떠한 상황에서도 목표물을 제거하기 위해 훈련받은 살수들. 잠시 교감을 나누는 듯하더니 일제히 공격을 시작했다.

살수들의 공격에 풍월의 눈빛이 착 가라앉았다.

시야에 보이는 살수들의 수는 넷에 불과했으나 나머지 살수들의 움직임 또한 조금도 놓치지 않았다.

풍월의 미간이 살짝 찌푸려졌다.

동시에 움직이는 듯했으나 아주 미세한 시간 차가 있었다.

공격하는 방향도 전혀 달랐다. 그럼에도 불구하고 명색이 살수라는 자들의 공격치고는 너무 직선적이었다. 그들은 오직 일격필살의 기세로 달려들었다.

여섯 살수는 풍월을 노렸고, 가장 뒤늦게 움직인 살수가 육 부인을 노렸다.

여섯 명의 살수는 육 부인을 잡기 위한 미끼의 역할이었기에 자신들의 안전 따위는 전혀 신경 쓰지 않았다. 그저 잠시만이라도 풍월의 움직임을 제지할 수 있다면 그걸로 충분하다는 생각으로 보였다.

"살수에게 어울리는 무공이 있지."

차갑게 웃은 풍월이 각목을 수평으로 누이는가 싶더니 그대로 팔을 뻗었다.

손에 든 각목이 공간을 갈랐다.

퍽! 퍽!

둔탁한 소리와 함께 기세 좋게 달려들던 살수들이 비명도 지르지 못한 채 그대로 고꾸라졌다.

쓰러진 살수들의 가슴엔 저마다 주먹만 한 상처가 생겼다.

폭포수처럼 피가 솟구치는 것이, 단순히 찔리거나 베인 것이 아니라 아예 뼈와 살이 짓뭉개져 심장이 터져 버린 것 같았다.

추뢰일섬으로 살수 셋의 숨통을 끊어버린 풍월이 좌우로 방향을 틀며 각목을 움직였다.

동료의 죽음에도 아랑곳없이 달려들던 살수들은 순간적으로 몰아치는 폭풍과 뇌성에 본능적으로 움찔하고 말았다.

그걸로 끝이었다.

그 짧은 시간, 각목에서 뿜어져 나온 기운이 그들의 허리를 훑고 지나갔다.

뇌성이 사라졌을 때 남은 것이라곤 옆구리가 터져 나간 살수들의 시신뿐이었다.

동료들의 희생을 미끼 삼아 육 부인을 제거하려던 살수 또한 조금 떨어진 곳에서 숨이 끊어졌다.

풍월이 작심하고 손을 쓴 이상 거리가 조금 가깝고 먼 것은 그다지 의미가 없는 것이었다.

단 이 초식만으로 일곱 명의 살수들을 잠재운 풍월이 육 부인의 팔을 잡아 일으켰다.

눈을 감고 있던 육 부인은 풍월의 손길에 움찔하며 눈을 뜨려 하자 풍월이 부드럽게 말했다.

"아직이요. 그다지 좋은 광경은 아니라서요. 아기한테 안 좋아요."

호기심을 이기지 못한 육 부인이 실눈을 살짝 뜨다가 흐릿한 시야로 들어오는 끔찍한 모습에 얼른 눈을 감았다.

"자, 이쪽으로요."

풍월이 육 부인을 조심스레 이끌 때 날카로운 피리 소리가 들렸다. 동시에 황산진가를 공격하던 산적들 중 몇몇이 그대로 몸을 돌려 내뺐다.

'나머지 놈들인 모양이네.'

풍월은 숲으로 사라지는 산적들을 보며 방금 전 자신이 쓰러뜨린 살수들과 같은 자들이라 여겼다. 물론 실력이야 쓰러진 자들과 비할 바가 아니나 천목채의 산적들과 비교한다면 그 수준 차이가 엄청났다.

살수들이 떠나자 싸움은 순식간에 결판이 났다.

두 명의 살수에게 시달리던 관후상이 남은 산적들을 단숨에 쓸어버렸다. 그럼에도 불구하고 황산진가는 궤멸적인 타격을 당했는데 산적들로 위장한 살수들에게 초반에 너무 많은 희생을 당한 것이 뼈아팠다.

풍월의 시선이 반대편 전장으로 향했다.

그쪽의 싸움도 어느 정도는 마무리가 되어가고 있었다.

풍월이 육 부인을 구하기 위해 움직이기 전에 수차례나 손을 써서 산적들 중 뛰어난 자들을 대부분 제압해 놓은 것이 큰 도움을 준 듯했다.

"아가씨!"

관후상이 다급한 목소리로 육 부인을 부르며 달려왔다.

풍월은 손을 저으며 반대편 쪽 표사들을 가리켰다.

자신이 움직여 싸움을 끝낼 수도 있었다.

주변을 살펴봐도 또 다른 살수의 흔적이 느껴지지 않았다.

하지만 모든 일에는 예상치 못한 변수라는 것이 존재하는 법. 육 부인의 안전을 위해서라도 지금은 움직이지 않는 것이

옳았다.

잠시 갈등을 하던 관후상은 별다른 말없이 방향을 바꿨다. 그를 따라오던 황산진가의 무인들도 관후상과 함께 표사들을 돕기 위해 움직였다.

그렇잖아도 기울었던 전세는 관후상과 황산진가 무인들의 참여로 순식간에 끝났다.

애당초 화영표국만이라면 모를까 황산진가의 무인들까지 함께한 상황에서 살수들의 존재가 아니었다면 천목채의 산적들은 그들의 상대가 될 수 없는 것이다.

싸움의 마지막은 구원후가 장식했다.

"크악!"

커다란 비명과 함께 구원후의 장창에 아랫배를 관통당한 목웅의 거대한 몸이 붕 떠올랐다가 추락했다.

모두의 시선이 목웅에게 향했다.

목웅은 상처를 비집고 흘러내리는 장기를 억지로 쑤셔 넣으며 부러진 대감도에 의지해 몸을 일으키려 했다. 그러나 제대로 서는 것은 고사하고 무릎을 꿇을 수도 없는 상황. 결국 중심을 잃고 힘없이 고꾸라졌다.

아랫배의 상처를 틀어막고 있던 손이 밑으로 처지고 부러진 대감도도 주인과 함께 나란히 누웠다.

붉게 변한 목웅의 눈동자가 시리도록 파란 하늘로 향했다.

"시… 펄! 자신… 있다고 지… 랄들 하더니만……."

자신을 이번 싸움판에 끌어들인 자들을 떠올리는 목웅의 눈동자에서 한껏 원망의 빛이 흘러나오더니 순식간에 사라졌다.

목웅의 죽음을 확인한 장무선이 쩌렁쩌렁한 목소리로 소리쳤다.

"채주가 죽었다. 지금이라도 항복을 하는 자는 목숨을 보장하겠다. 하지만 끝까지 대항한다면 마지막까지 추격해 반드시 주살할 것이다."

장무선의 살기 띤 얼굴은 그의 말이 단순한 위협이 아님을 보여주고 있었다.

그의 협박이 통한 것인지 아니면 목웅이 목숨을 잃은 상황에서 이미 싸움은 끝이 났다고 여긴 것인지 대부분의 산적들이 일제히 무기를 던졌다.

몇몇은 채주에 대한 의리를 지킨답시고 끝까지 저항을 했지만 그들에게 돌아오는 것은 장무선의 장담대로 싸늘한 죽음뿐이었다.

산적들이 완벽하게 굴복하고 표사들이 그들을 포박하는 것을 잠시 지켜보던 장무선이 가쁜 호흡을 고르고 있던 구원후를 향해 다가갔다.

"괜찮으십니까?"

걱정이 가득한 음성에 반응은 시큰둥했다.

"안 괜찮으면? 너는 내가 저따위 산적 놈에게 당할 것이라 생각한 것이냐?"

"설마요. 아닙니다. 당연히 이기실 줄 알았지요. 다만 생각보다 시간이 걸려 걱정했을 뿐입니다."

장무선이 한 발 빼면서도 은근히 옆구리를 찔렀다.

"흥! 몸은 늙고 창 또한 그만큼 녹슬었다는 것은 노부도 통감하고 있으니 그렇게 긁을 것 없다."

구원후의 얼굴엔 승리의 기쁨 대신 세월의 힘을 이기지 못하는 자신의 처지에 대한 약간의 서글픔이 자리했다.

장무선은 누구보다 자신만만하고 자존심 강했던 구원후의 예상치 못한 반응에 당황을 하며 손을 내저었다.

"아, 아닙니다, 숙부님. 목웅은 녹림에서도 손가락에 꼽히는 고수입니다. 솔직히 숙부님이 아니면 감당할 사람이 없었습니다."

"말이 그렇다는 것이야. 네게 위로받을 정도로 형편없지는 않으니 쓸데없는 공치사는 그만두고 전장이나 수습해라. 우리는 둘째 치고 저쪽도 피해가 상당한 것 같다."

구원후가 힘없이 걸어오는 황산진가의 무인들을 가리키며 말했다.

최초 사십에 이르던 인원 중 고작 열다섯이 살아남았고, 그

중 가마꾼이 여덟 명이라는 것을 감안하면 궤멸적인 타격을 받았다고 해도 과언은 아니었다.

장무선이 관후상의 부축을 받고 힘겹게 걸음을 옮기는 육 부인에게 다가갔다.

"괜찮으십니까?"

질문을 던지는 장무선의 표정이 과히 좋지 않았다. 육 부인의 치마를 적신 피의 흔적을 본 까닭이다. 그것이 적의 것이든 아니면 충격에 의한 하혈이든 만삭인 육 부인에겐 큰 부담이 아닐 수 없었다.

"괜찮아요."

애써 미소 지으며 고개를 끄덕인 육 부인이 자신을 구하고 슬그머니 물러난 풍월에게 향했다.

관후상에게 육 부인의 안전을 맡긴 풍월은 어느새 쟁자수들이 모여 있는 곳으로 가 있었다.

"솔직히 천목채가 어째서 우리를 공격했는지 이해가 되지 않습니다. 아마도……."

말끝을 흐린 장무선이 육 부인을 조용히 응시했다. 시선의 의미를 이해한 육 부인이 고개를 끄덕였다.

"아마도 저를 노린 것이겠지요. 그런데 천목채뿐만이 아니었습니다."

"예? 천목채뿐만이 아니라면 다른 자들도 있었단 말입니까?"

장무선이 깜짝 놀라 되묻자 관후상이 무거운 표정으로 대답했다.

"화영표국을 공격한 자들은 천목채의 산적들뿐인지 몰라도 우리 쪽엔 제삼의 세력이 끼어 있었습니다. 그들이 사용한 무공을 감안했을 때 조직화된 살수들로 보입니다."

"살수란 말이오?"

어느새 다가온 구원후가 황망한 표정을 지으며 물었다.

"예, 놈들이 산적들 사이에 교묘하게 숨어서 암습을 하는 바람에 피해가 컸습니다."

"허! 이럴 수가 있나."

구원후가 한숨을 내쉬며 고개를 흔들었다.

표사들보다 훨씬 뛰어난 실력을 지닌 황산진가가 어째서 그렇게 큰 타격을 입었는지 의아했는데 비로소 이해가 됐다.

"음."

언제 어느 순간에서도 육 부인의 좌우를 지키던 호위 중 한 명이 없다는 것을 눈치챈 장무선의 입에서 나직한 신음이 흘러나왔다.

그 정도의 실력자가 당할 정도라면 살수들의 실력 또한 보통이 아닐 터. 새삼 자신들이 어떤 상황에 처한 것인지 절감할 수 있었다.

"생각보다 일이 훨씬 심각할 것 같습니다, 숙부님."

"그러게 말이다. 산적 놈들을 동원한 것으로도 부족해 살수까지 고용했다면 아예 작심을 했다는 말이겠지. 나아가 본 표국과 상단까지 우습게 보는 것이고."

화영표국이 얕보였다는 생각에 구원후의 검미가 분노로 흔들렸다.

"어쨌거나 육 부인께서 무사하셔서 정말 다행입니다. 살수들이 대거 동원된 공격이라 쉽지 않으셨을 텐데 말입니다."

"운이 좋았지요. 참으로 운이 좋았습니다."

육 부인의 시선이 다시금 풍월에게 향했다.

그때, 칠두령 중 한 명에게 다리를 크게 다친 종두인이 젊은 표사의 부축을 받으며 장무선에게 다가왔다. 그리곤 귓가에 몇 마디 말을 전했다.

장무선의 눈이 어느 순간 화등잔만큼이나 커졌다.

"그게 사실인가?"

"예, 제가 틀림없이 보았습니다."

장무선과 종두인의 시선은 어느샌가 홍추 등과 노닥거리고 있는 풍월에게 향했다.

"육 부인, 지금 제가 들은 말이 사실입니까?"

장무선이 다짜고짜 물었다.

종두인이 말을 전하고 두 사람이 풍월을 바라볼 때부터 이미 질문을 예상하고 있던 육 부인이 크게 고개를 끄덕였다.

"맞아요. 살수들의 손에서 풍 공자가 구해줬어요. 과거의 하찮은 도움이 목숨값으로 되돌아왔네요."

육 부인의 말에 장무선은 크게 충격받은 얼굴로 풍월을 응시했다. 그가 종두인에게 들은 풍월의 활약은 단순히 목숨을 구해준 수준이 아니었다.

'육 부인을 보호하며 일곱 명의 살수를 단 두 번의 공격으로 모조리 쓰러뜨렸다? 그것도 각목 따위를 들고?'

살수들의 실력이 관요를 죽이고 황산진가 무인들에게 치명타를 안길 정도로 뛰어났다는 것을 감안했을 때 일곱 명의 살수들을 단숨에 제압했다는 무위는 그야말로 상상할 수도 없는 것이다.

장무선이 충격에서 헤어나오지 못하고 있을 때 앞뒤 상황을 알지 못한 구원후가 답답함을 이기지 못하고 물었다.

"대체 뭔 소리들을 하는 거냐? 풍 공자는 뭐고 목숨값은 또 뭐란 말이냐?"

장무선은 아무런 대답도 하지 못하고 그저 풍월만을 바라보았다. 충격에서 벗어나려면 아무래도 약간의 시간이 필요한 듯했다.

"아우! 아무튼 영감님들은 다 똑같아. 뭐가 그리 궁금한 게 많아. 귀찮아 죽겠고만."

장무선에게 불려가 덕분에 표국이 위험에서 벗어났다는 둥 실력이 그 정도로 뛰어날 줄은 상상도 하지 못했다는 둥 계속된 칭찬과 감사의 말을 듣는 것도 고역이었지만 갑자기 끼어든 구원후의 질문 공세는 악몽이었다.

온갖 궁금증을 사실 반 거짓 반 정도로 꾸민 이야기로 에둘러 해소해 준 뒤에야 겨우 풀려났으니 거의 반 시진은 되어서야 쟁자수들이 쉬고 있는 곳으로 올 수 있었다.

풍월이 어떤 일을 해냈는지 알게 된 쟁자수들은 놀람과 약간의 두려움을 가지고 그를 맞이했다.

풍월의 진면목이 밝혀지고 다소 거리감이 있었을 텐데도 곽거는 전혀 개의치 않고 풍월의 어깨를 두드렸다.

"수고했다. 덕분에 살았어."

곽거의 말에는 진심이 담겨 있었다.

표사들보다 월등한 실력을 지닌 황산진가의 무인들도 살수들을 감당하지 못했다. 만약 풍월이 제때에 살수들을 제거하지 못했다면 육 부인은 물론이고 화영표국의 표사들과 쟁자수들, 심지어 함께 공격을 했던 천목채의 산적들 또한 그들의 손에 모조리 죽임을 당했을 것이다.

"뭘요. 이게 다 조장님과 여러 선배님들의 공덕이 하늘에 닿았기 때문이죠. 다들 전생에 나라를 구하신 모양입니다."

가벼운 농담으로 어색한 분위기를 바꾼 풍월이 주변을 둘러보며 미간을 살짝 찌푸렸다. 쟁자수들 중에서도 부상을 당한 사람이 꽤 보였기 때문이다.

"공격을 받은 모양이네요."

"막판에 몇 놈이. 그래도 다행히 크게 다치거나 죽은 사람은 없다. 아무도 우리를 신경 쓰지 않는 상황에서 용패가 아니었으면 정말 큰일 날 뻔했어."

곽거가 고마움을 듬뿍 담은 눈으로 홍추와 어깨를 나란히 하고 앉아 있는 용패를 바라보았다. 그의 말대로 꽤나 치열한 싸움을 벌였는지 용패의 옷 곳곳에 붉은 선혈이 묻어 있었다.

"용… 형이요?"

믿어지지 않는다는 얼굴로 되물은 풍월은 곽거의 대답을 기다리지도 않고 용패와 홍추를 향해 달려갔다.

용패의 옆에 털썩 앉은 풍월이 그의 어깨를 감싸며 물었다.

"이야, 용 형! 대단한 일을 했다면서요?"

"그, 그냥… 어쩌다 보니 그렇게 됐습니다."

용패가 어딘지 모르게 어색한 표정으로 말했다.

풍월이 자기도 모르게 슬그머니 손을 내리며 의아한 눈빛으로 홍추를 바라보았다.

자신에게 기가 죽어 있기는 하나 평소의 성격대로라면 분명 어깨를 태산처럼 펴고 자신의 실력을 떠벌려야 정상인 상황인데 오히려 잔뜩 위축되어 있는 것이 영 수상했다.

[이 인간, 왜 이래요?]

풍월이 입만 벌려 물었다. 홍추가 고개를 저으며 입을 움직였다.

[나도 몰라.]

[다친 건 아니죠?]

[그건 아냐. 아까 확인했어.]

홍추 역시 영문을 모르겠다는 표정을 짓고 있었다.

풍월이 진지한 눈빛으로 용패의 모습을 살폈다.

애써 태연한 척하고 있으나 눈빛은 음울했고 손가락 끝이 파르르 떨린다.

떨림을 감추기 위해 주먹을 쥐었다 폈다 하는 행동도 반복하고 있었다. 가슴이 답답한 것인지 심장을 툭툭 때리기도 했다.

'혹시 그런 이유인가?'

짚이는 것이 있었다. 언젠가 자신도 비슷한 경험을 한 적이 있음을 기억했다. 하지만 용패가 전직 해적이었다는 것을 감안하면 솔직히 이해가 되지 않는 일이었다.

"용 형."

풍월의 부름에 용패가 천천히 고개를 들었다.

"설마 그런 거요?"

"예?"

용패가 힘없이 되물었다.

"살인, 처음 하는 거죠?"

풍월의 질문에 용패의 눈동자가 크게 흔들렸다.

"아, 아님⋯⋯."

용패가 부정을 하려 했으나 풍월은 이미 그의 모든 것을 파악해 버렸다.

"아니긴. 딱 봐도 그런 이윤데."

풍월이 용패의 면전에 얼굴을 들이댔다.

"이거야 원. 전직 해적이 살인이 처음이라니 이걸 누가 믿겠어."

어이없는 웃음을 흘리며 다시 물었다.

"본진에서 떨어져 나와 생활하는 것도 그런 이유네. 촉이 좋은 것도 있지만 사람을 죽여본 일이 없어서. 피가, 사람을 죽이는 게 두려워서 그런 거 아뇨?"

"아, 아니라니까!"

용패가 자신도 모르게 소리를 치다 기겁하며 고개를 숙였다.

"죄, 죄송합니다, 공자님."

"이딴 일로 죄송할 건 없고. 정확히 말이나 해봐요. 이번이 처음이지?"

"⋯⋯."

"처음이죠, 살인?"

용패는 풍월이 재차 묻자 겨우 고개를 끄덕였다. 그럴 줄 알았다는 듯 쓰게 웃는 풍월과는 달리 그래도 설마 하는 얼굴로 바라보던 홍추가 입을 쩍 벌렸다. 그간 용패로부터 바다를 주름잡는 해적으로서의 눈부신 활약상(?)을 지겹게 들어왔기에 충격이 컸다.

"진짜냐?"

"……."

"풍 동생 말이 진짜냐고?"

"그래."

"와! 이 어이없는 새끼. 그동안 온갖 잘난 척은 다 하더니만. 이제 보니 생초짜네."

홍추가 주먹을 흔들며 분노에 떨었다.

"초짜가 아니면 살인귀였으면 좋겠어요?"

풍월이 어이없다는 듯 물었다.

"어? 그, 그건 아니지."

생각해 보니 자신의 말이 영 이상하다고 생각한 것인지 홍추가 머쓱한 표정을 지으며 머리를 벅벅 긁었다.

"쓸데없는 소리 말고 자리 좀 비켜줘요."

"그, 그래."

풍월의 핀잔에 홍추는 똥 마려운 강아지처럼 고개를 끄덕이더니 자리를 피했다.

홍추가 멀찌감치 떨어지자 주변을 슬쩍 돌아본 풍월이 착
가라앉은 목소리로 말했다.

"그거 부끄러운 거 아뇨."

용패가 별다른 반응이 없자 풍월이 그의 옆구리를 쿡 찌르
며 재차 말했다.

"사람 죽여본 적이 없다는 거, 그거 부끄러운 거 아니라고.
단순히 겁이 났든, 그럴 만한 실력이 없었든, 아니면 마음이
착해… 이건 아닌 것 같고. 어쨌거나 해적질을 하면서 사람을
죽이지 않았다는 건 부끄러운 게 아니라 오히려 자랑해도 될
만한 거란 말이오."

용패가 슬그머니 고개를 들었다.

"그렇지 않나? 지나가다 벌레 한 마리를 밟아도 괜스레 찜
찜하고 그런데 하물며 사람이잖아. 뭐, 머리가 회까닥한 놈들
이라면 모를까 제정신 가진 사람이라면 결코 쉬운 일이 아니
란 말이오. 그렇다고……."

풍월이 목소리를 살짝 높였다.

"자기를 죽이려는 놈에게 순순히 목숨을 내주는 것은 병신
들이나 하는 짓이잖소. 사람 목숨을 빼앗으려는 생각을 했다
면 그만한 각오를 해야지. 그게 세상 사는 이치지. 어디서 날
로 먹으려고."

용패는 여전히 침묵을 지켰다.

"저기 좀 보쇼. 만약 용 형이 놈들과 맞서지 않았다면 몇 명이나 살았을 것 같소? 내일모레면 은퇴해서 손주한테 낚시를 가르쳐 준다는 곽 영감도 죽었을 거고, 처음 쟁자수를 하게 되었을 때 나름 조언을 해준 방 선배도 죽었을 거요. 이 와중에 육포나 뜯고 있는 저 인간은 이번 표행이 끝나면 결혼한다고 했던 것 같고."

어깨에 붕대를 감고 육포를 씹던 사내는 풍월의 시선을 받고 손을 흔들었다.

"좋단다. 쯧쯧, 목숨 구해준 인간이 어떤 상황인지도 모르고. 용 형이 아니었다면 지금쯤 다들 염라대왕 앞에 모여 오손도손 애기나 하고 있었을 텐데."

용패가 복잡한 시선으로 옹기종기 앉아 있는 쟁자수들을 바라보았다. 불안한 눈동자는 여전했으나 전신의 떨림은 조금 가라앉은 것 같았다.

"그렇다고 해도 당장 없어지진 않을 거요. 머리론 이해했다고 해도 여기, 여기가 이해를 하지 못하고 있거든."

풍월이 용패의 가슴을 툭 건드리며 말을 이었다.

"그래도 참아봐요. 농사를 짓거나 물고기를 잡거나, 저 인간처럼 장사를 한다고 하지 않는 한 아주 높은 확률로 비슷한 일이 벌어질 것 같으니까. 충고라긴 좀 그렇고, 한 가지 일에 집중을 해봐요. 아무런 생각도 들지 않을 만큼 미친 듯이. 그럼 확실히 나을 테니까. 참, 용 형 같은 경우엔 딱히 뭘 찾을 필요도 없겠네."

용패의 얼굴에 살짝 의문이 깃들자 풍월이 팔을 휘둘렀다.

"훈련량을 지금보다 조금 더 늘리면 되겠네. 더도 말고 딱 두 배만."

손가락을 펼치는 풍월의 웃음에 용패의 몸이 그대로 굳었다.

"힘들긴 해도 효과는 확실하니까 나를 믿어봐요. 다 경험에서 우러나온 거니까."

풍월의 말에 자기도 모르게 고개를 끄덕이던 용패는 문득 의문이 들었다.

"경험이라면 풍 공자님도 저와 같은 경험을 해봤다는 말입니까?"

"아니면? 누군 처음부터 아무렇지도 않게 사람에게 칼질을 하는 줄 알았나 보네."

쓰게 웃은 풍월이 읊조리듯 말했다.

"사 년 전이던가, 연거푸 두 번인가 태풍이 몰아친 적이 있었는데 기억나요?"

"죄송합니다. 뭍에 있어서 잘……."

용패가 머리를 흔들었다.

"그것까지 죄송할 건 아니고. 아무튼 그때 화도에 불청객이 찾아왔어요. 남쪽 바다에서 노략질을 하던 왜구들이."

"아!"

용패가 자기도 모르게 탄식을 했다.

왜구는 해적과는 비교할 수가 없을 정도로 조직적이고 흉포한 놈들이다. 제 잘난 맛에 사는 해적들도 왜구들의 흔적만 보여도 뒤도 안 돌아보고 도망칠 정도였다.

제12장

추우객점(秋雨客店)

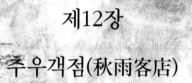

　"처음부터 화도를 목표로 온 것은 아니고 아마 태풍을 피하다 그렇게 된 모양인데, 섬에 도착하자마자 지랄들을 하더라고. 놈들을 상대한 게 나요. 젠장, 이전만 하더라도 섬에 무슨 일이 생기면 할아버지들께서 해결하셨고 난 뒤치다꺼리만 하면 되었는데 무슨 바람이 분 건지. 아마도 입으로 떠드는 실전이 아니라 진짜 실전이 뭔지 겪어보라고 하신 것 같은데 원하신 대로 되긴 했소. 아주 제대로 됐지."

　그때를 생각하는 것인지 풍월의 얼굴이 살짝 일그러졌다.

　용패는 그의 표정을 보며 떠벌이듯 말을 하곤 있어도 꽤나 아픈 기억이란 생각이 들었다.

"낙오를 한 것인지 화도에 도착한 왜구의 배는 두 척. 숫자는 대충 백 명 정도 되었던가 그랬소. 처음엔 제압하는 정도로만 끝내려고 했는데 그게 쉽지 않더만. 이 미친놈들은 적당히라는 걸 몰라. 뒈지는 순간까지 덤비고 또 덤비더란 말이지. 그동안 할아버지들과 무수히 대련을 해왔지만 결과적으로 대련은 대련일 뿐. 솔직히 실전이라는 것이 그렇게 처절하고 잔인한 것이란 생각을 해본 적이 없었소. 눈앞에서 내가 휘두른 칼에 왜구들의 목이, 팔이 날아가고 그 피가 내 얼굴을 적시는데 그때의 기분은……."

잠시 말을 끊은 풍월은 침을 꼴깍 삼키고 있는 용패를 보곤 헛웃음을 내뱉었다.

"그래도 용 형은 대단하단 말이지. 별다른 부상도 당하지 않고 놈들을 제압한 걸 보면 말이야. 난 할아버지들 표현으로 치자면 그 왜구 놈들과 하늘과 땅만큼이나 실력 차이가 났음에도 순간순간 움찔거리다가 온갖 상처를 입었는데. 뒈질 뻔도 하고. 이게 그때 당한 상처요."

풍월이 목깃을 헤쳐 사선으로 그어진 흉터 자국을 보여주었다. 급소를 살짝 비껴간 것을 보아 뒈질 뻔했다는 것이 절대 과장은 아닌 듯싶었다.

"할아버지들 말씀이 이 상처를 입고 나도 회까닥 돌았다던

가. 내가 정신을 차렸을 땐 주변은 완전히 피바다가 되어 있었고. 그런 상황에서 내가 어쨌을 것 같아요?"

용패는 대답하지 못했다.

"근 한 달 이상을 악몽에 시달리고 대낮에도 헛것이 보이더이다. 먹는 족족 토하는 바람에 음식이라곤 물과 죽 조금 먹었나 그랬고. 뭐, 그나마도 다 토해냈지만. 재밌는 건 그 상황에서도 수련은 계속했다는 거요. 오히려 미친 듯이 했지. 할아버지들은 열심히 말렸지만 그렇게 하지 않으면 나 자신이 견딜 수 없었으니까."

"그렇게 극복한 겁니까?"

용패가 힘내어 물었다.

"대충은. 대충 반년 정도 미친놈으로 지내다 보니까 어느 정도는 적응이 되더라고요. 그러면서 그동안 머리로는 이해가 되도 가슴으론 받아들이지 못했던 사실들도 조금씩 받아들이게 되고."

풍월이 용패의 눈을 똑바로 바라보며 말을 이었다.

"그 왜구 놈들이 해안가를 돌아다니며 얼마나 많은 사람을 죽였는지 아쇼? 노예로 끌려다니다 풀려난 사람들 말에 의하면 아예 가늠조차 되지 않는다고 했어요. 게다가 시시때때로 인육까지 즐겼다고 하니 어찌 인간이라 부를까. 짐승도 제 동족은 먹질 않는데 짐승만도 못한 놈들이지. 그런데 어느 순간, 딱 이런 생각이 들더란 말이요. 그놈들이 내 손에 죽지 않고 여전히 살아서 노략질을 계속했다면 얼마나 많은 사람이 죽었을까? 그전에도 할아버지나 섬사람들에게 계속 들어온 얘기지만, 이게 또 남에게 듣는 것과 내가 스스로 묻는 것은 다르더란 말이지. 말하자면 나름의 깨달음이 왔다고나 할까. 아무튼 나는 그렇게 극복할 수 있었소. 그렇다고 칼에 피를 묻히는 것이 아무렇지도 않다는 말은 아니오. 그럼에도 옛날처럼 헤매지 않는 것은 아마도 그때의 기억과 스스로 정한, 나 스스로를 합리화시키기 위한 몇 가지 원칙을 지키고자 노력하기 때문일 거요."

용패의 얼굴엔 그 원칙에 대한 궁금증이 가득했다.

"흐흐흐. 그렇다고 거창한 건 아니고. 그냥 내 목숨을 노리거나, 약한 자들을 핍박하고 그들의 목숨을 빼앗으려고 한다거나, 객관적으로 아주 나쁜 놈들만 염라대왕에게 보낸다. 가령 조금 전에 상대했던, 사람 목숨을 돈벌이로 생각하는 살수 같은 놈들. 뭐, 그래도 가급적 살인은 피한다. 이게 바로 내가 정한 원칙이요. 아, 내가 말하고도 이거 영······."

닭살이 돋는지 팔뚝을 벅벅 긁어대던 풍월은 용패가 묵묵히 고개를 끄덕이자 코웃음을 쳤다.

"그렇게 이해하는 척은 하지 말고. 내가 말은 이렇게 해도 나 스스로를 합리화시키기 위해 얼마나 개고생을 했는데. 솔직히 이게 이해한다고 해도 어느 정도 시간이 흐를 때까지는 이게 절대 이해를 하지 못한다고요. 그게 정상적인 사람이고."

풍월이 한 손으로 머리를, 다른 한 손으론 가슴을 쿡 찌르며 말했다.

"그런 고로 용 형은 이제 표행에서 빠져야겠어. 홍추 형님도 마찬가지고."

"예? 표행에서 빠지라니요?"

용패가 번쩍 고개를 들며 물었다.

"돌아가는 상황이 영 수상해. 한 번 실패했다고 끝날 것 같지가 않단 말이지. 그렇다면 다음 공격은 당연히 더 무섭고 살벌할 텐데 감당할 수 있겠어요? 물론 내가 옆에 붙어 있으면 상관은 없겠지만 알다시피 내가 빚을 진 사람이 용 형이나 홍추 형님뿐만이 아니라서."

풍월과 용패의 시선이 황산진가의 무인들에게 향했다.

육 부인을 중심으로 전열을 재정비하고 있었지만 피해가 피해니만큼 침울한 분위기는 어쩔 수 없었다.

게다가 심각한 얼굴로 회의를 하는 화영표국의 분위기에 촉각을 곤두세우고 있는 것으로 보아 혹시나 버려질 것을 걱정하는 것 같기도 했다.

"화, 확실히 위험할 것 같긴 합니다."

용패가 몸을 부스스 떨며 말했다.

"그렇지요? 확실히 그 촉이라는 게 대단하긴 하단 말이지."

"그런데 어떻게 빠지라는 겁니까? 빠지고 싶다고 빠질 수 있는 상황이 아니지 않습니까?"

"지금 상태를 말하면 용 형이야 빠지는 데 아무런 무리도 없을 것 같고."

"하지만 홍추는……."

"그럴 수밖에 없는 상황을 만들면 되는 것이고. 형님!"

피식 웃은 풍월이 큰 소리로 홍추를 불렀다.

안절부절못하는 표정으로 언제나 자신을 불러줄까 기다리고 있던 홍추가 한걸음에 달려왔다.

"이제 다 끝났어?"

"대충은. 잠깐 귀 좀 빌려요."

풍월의 손짓에 홍추가 진지한 얼굴로 귀를 들이댔다. 그의 어깨에 팔을 걸치며 슬며시 몸을 당긴 풍월이 조용히 속삭였다.

"조금 아프긴 하겠지만 다 형님 안전을 위해서 그러는 거니까 이해를 해요."

"뭐라……."

무슨 소리를 하느냐는 듯 고개를 돌리려던 홍추는 손가락 하나 까딱할 수 없다는 것을 확인하곤 소스라치게 놀랐다.

풍월의 손이 입을 슬쩍 막아오자 불안함에 홍추의 눈이 급격하게 떨렸다.

다음 순간, 그의 눈이 고통으로 부릅떠졌다. 홍추의 비명이 손가락 사이로 살짝 흘러나왔다.

"으이구! 조심 좀 하지. 뭐가 그리 급하다고. 괜찮아요?"

풍월의 혀 차는 소리에 기묘하게 꺾였다가 돌아온 발목을 잡으며 주저앉은 홍추가 놀람과 원망이 섞인 얼굴로 그를 바라보았다.

풍월이 한심하다는 듯 고개를 흔드는 사이, 그의 눈짓을 받은 용패가 홍추를 부축하며 몇 마디 말을 건넸다.

"뼈가 부러진 것 같진 않은데 아무래도 심줄이 늘어난 것 같다. 하체가 그리 부실해서야."

크게 흔들리는 홍추의 눈빛을 보며 풍월이 그의 어깨를 가만히 토닥였다.

"나만 믿으라니까요. 그럼 무사히 돌아갈 수 있으니까."

홍추를 향해 한쪽 눈을 찡그린 풍월이 모두가 들으라는 듯 큰 소리로 외쳤다.

"이거 아주 제대로 다쳤네. 걷지를 못하겠어!"

계획은 완벽했다.

"예? 그게 사실입니까?"

풍월이 놀란 눈을 치켜뜨며 물었다. 놀라기도 놀랐지만 무척이나 당황한 눈빛이다.

"그렇네. 여러 의견을 종합해 본 결과 지금 같은 상황에선 정상적인 표행을 할 수가 없다고 결론을 내렸네."

장무선의 시선이 불안한 얼굴로 어쩔 줄을 몰라 하고 있는 몇몇 상인들과 그들과는 대조적으로 비교적 차분히 표행을 준비하는 쟁자수들에게 향했다.

"우리들, 아니, 육 부인에 대한 공격이 이번으로 끝날 것 같지는 않아. 틀림없이 또 다른 도발이 있을 걸세. 그런 상황에서 저들까지 보호해 줄 여력이 없어. 조금 전과 같은 행운을 또다시 기대하긴 무리고."

"예, 확실히 무립니다. 용 형만 봐도 상태가 조금 안 좋아요. 더 이상의 표행은 힘들 것 같습니다."

풍월이 얼른 맞장구를 쳤다.

"아무래도 그렇겠지. 동료들을 지키기 위해서라고 해도 사람을 죽인다는 일은 결코 간단한 문젠 아니니까."

"극복하기 위해선 조금 시간이 걸릴 것 같습니다."

풍월의 담담한 음성을 들으며 장무선은 물론이고 주변에서 그를 바라보는 눈빛이 요상했다.

말투나 태도가 마치 온갖 경험을 다 해본 노장과 비슷하다는 느낌을 받았기 때문이다.

"아무튼 상황이 좋지 않네. 그렇다고 육 부인과의 계약을 파기할 수는 없고."

"당연하지. 그건 시장통의 모리배들이나 하는 짓이다. 그런 식으로 화영표국의 명예를 더럽힐 수는 없지."

구원후가 언성을 높였다.

살벌한 표정을 보니 육 부인과의 계약을 파기하자는 의견도 있는 것 같았다.

"해서 상인들과 쟁자수들은 돌려보내자는 말이군요."

"돌려보낸다기보다는 거리를 두자는 말이네. 부상자들도 있으니 일단은 인근 마을에서 대기토록 할 생각이네. 육 부인이 무사히 도착을 하면 그때 다시 부르는 것으로."

"그렇… 군요."

풍월어 떨떠름한 표정을 지으며 고개를 끄덕였다. 그의 시선이 자연히 홍추에게 향했다.

용패의 어깨를 짚고 선 홍추는 걸음을 뗄 때마다 오만상을 찌푸리며 부목을 잘못 댔다느니 붕대가 제대로 감기지 않았다느니 온갖 핑계를 들이대며 용패를 괴롭히고 있었다.

용패의 고개가 자신 쪽으로 향하자 풍월은 눈이라도 마주칠까 봐 얼른 고개를 돌렸다.

'이게 아닌데……'

변명거리를 찾아 머리를 굴려봤지만 답이 나오질 않았다.

화영표국과 황산진가 일행이 기습을 당한 그날 밤, 은은한 달빛 아래 고즈넉하게 술잔을 기울이던 매혼루의 수뇌들 앞에 한 사내가 조용히 모습을 드러냈다.

나이는 서른다섯, 비교적 젊은 나이에 매혼루의 모든 작전과 정보를 관장하고 있는 추혼전주 강와였다.

강와가 모두의 시선을 받으며 방금 전에 날아든 소식을 전했다.

"실패? 그걸 지금 말이라고 하는 것이냐!"

살모사와 같은 눈빛을 지닌 노인이 버럭 소리를 질렀다.

말과 함께 술잔이 날아갔다.

강와는 술잔을 피하지 않았다. 술잔이 그의 이마에 부딪치며 산산이 부서졌다. 호박색 술이 사방으로 흩어지고 동시에 깨진 이마에서도 피가 흘러내렸다.

"이번 일에 얼마나 동원했지?"

노인의 맞은편에 앉은 노파가 분기탱천해 날뛰려는 노인에게 손짓하며 물었다.

" 하나에 이급살수가 둘, 그리고 삼급살수 스물이 움직였습니다."

조용히 대답하는 강와의 자세는 한 치의 흐트러짐도 없었다. 지혈도 하지 않았다.

"그런데도 실패했다?"

술잔을 던진 노인, 염쾌가 반문했다.

"예."

"하! 지나가던 개가 웃을 일이구나. 안 그러냐?"

강와는 대답하지 않았다.

"입이 있으면 뭐라 말을……."

"시끄러."

술자리의 가장 상석, 자신보다 족히 두 배는 됨직한 커다란 의자에 앉아 온갖 양념을 발라 구운 오리고기를 맛나게 뜯고 있던 청년이 귀찮다는 듯 말했다.

나이는 대략 열일곱에서 여덟 정도다.

이제 겨우 소년티를 벗은 것처럼 보이는 청년이 바로 무림 삼대살수 단체인 매혼루의 십일대 루주라는 거창한 지위를 가지고 있는 형웅이었다.

형웅이 입을 열자 불처럼 화를 내고 있던 염쾌는 물론이고 불편한 기색을 띠고 있던 나머지 수뇌들 또한 황급히 입을 다물었다.

"추혼전주, 어찌 된 일인지 정확히 설명을 좀 해봐."

표정만으론 화를 내고 있는 것인지 그렇지 않는 것인지 도 저히 가늠하기 힘든 형웅이 반쯤 뜯은 오리고기를 내려놓고 양념이 묻은 손가락을 쪽쪽 빨며 말했다.

살짝 머리를 조아린 강와가 입을 열었다.

"목표물은 황산진가의 셋째 며느리로……."

"호구 조사할 일 없잖아. 일의 경과나 설명하라고."

"알겠습니다. 다들 아시다시피 이번 계획의 시작은 천목채를 끌어들이는 것부터 시작했습니다."

빠르게 시작된 강와의 설명은 제법 길게 이어졌다. 어차피 수뇌들 또한 모두 알고 있는 내용이었으나 형웅이 별다른 말을 꺼내지 않고 있었기에 다들 침묵으로 경청했다.

"…피해를 줄이기 위해 퇴각하였고 결과적으로 목표물 제거엔 실패했습니다."

실패라는 말을 마지막으로 강와의 설명이 끝났다.

모두의 시선이 잔뜩 인상을 구기고 있는 형웅에게 향했다.

손가락으로 탁자를 톡톡 치며 설명을 듣던 형웅이 감았던 눈을 지그시 치켜뜨며 염쾌에게 물었다.

"태상 영감은 추혼전주의 말이 이해가 돼?"

"그것이……."

태상장로 염쾌가 말끝을 흐리자 형웅이 신경질적으로 고개를 흔들었다.

"납득이 안 되잖아, 납득이."

형웅의 날카로운 눈빛이 염쾌에게 향했다.

"충분히 조사를 했다고 했다며? 화영표국과 황산진가에서 누가 움직이는지 말이야. 그나마 경계해야 하는 인물이 풍룡창인가 지랄인가 하는 허접쓰레기 같은 늙은이하고 목표물의 곁을 지키는 호위무사 둘 정도라고 하지 않았나? 내 기억이 틀리지 않다면 그렇게 들은 것 같은데."

"마, 맞습니다."

"그런데 왜 실패해?"

"그, 그건……."

염쾌가 제대로 대답을 하지 못하고 고개를 떨궜다.

"왜 실패했냐고?"

형응이 수뇌들을 둘러보며 물었다. 아무도 대답하지 못하고 다들 시선 돌리기에 급급했다.

"지랄!"

대뜸 욕설을 내뱉은 형응이 내려놓았던 오리구이를 다시 집어 들었다. 그리곤 언제 화를 냈느냐는 표정으로 요리를 탐닉했다.

형응의 눈치를 보던 염쾌가 강와에게 눈을 부라렸다.

"애당초 산적 놈들을 끌어들인 것이 실수였다. 그런 버러지들을 믿고 방심한 것이 아니냐?"

"죄송합니다."

"이게 죄송으로 끝날 일이냐? 일급살수에 이급살수 둘을 잃었다."

"모든 것이 제 불찰입니다. 죄송합니다, 태상장로님."

강와가 다시금 머리를 숙일 때 살이 다 뜯긴 오리 뼈가 그들 사이로 날아들었다.

"태상 영감."

"예, 루주님."

염쾌가 얼른 대답했다.

"그 작전을 승인한 사람이 누구지?"

순간, 기세등등한 자세로 강와를 추궁하던 염쾌가 당황한 표정으로 말을 더듬었다.

"그, 그것이……."

"계획이 잘못됐다면 작전을 승인한 우리 모두의 책임이겠지. 괜한 사람에게 책임을 전가하려 하지 말라고."

"소, 송구합니다."

염쾌가 민망한 얼굴로 머리를 조아렸다.

"이 장로."

"예, 루주님."

염쾌의 맞은편에 앉아 있던 노파, 무림엔 월야(月夜)의 살수로 널리 알려진 적희가 공손히 대답했다.

"우리의 일을 방해했다는 그 쟁자수 말이야. 실력이 어느 정도나 될까?"

형웅이 두 눈을 반짝거리며 물었다.

매혼루의 일을 망쳤다는 분노, 적개감보다는 호기심이 가득한 음성이다.

"추혼전주의 설명에 의하면 일급살수가 눈 깜짝할 사이에 제압당했고 더불어 이급살수 둘의 합공도 일격에 물리쳤다 했습니다. 본 루의 일급살수라면 어지간한 문파의 장로 수준은 됩니다. 그럼에도 그리 쉽게 당했다면……."

잠시 뜸을 들인 적희가 심각하게 굳은 얼굴로 말했다.

"능히 절정고수라 칭해도 될 수준입니다."

당금 무림에서 절정고수라 불리는 이들의 면면을 감안했을 때 적희의 대답은 꽤나 큰 파동을 일으켰다.

"과대평가가 너무 심하군. 고작 쟁자수 따위가 절정고수라니."

염쾌가 인정하지 못하겠다는 듯 고개를 저었다.

"그럼 묻지. 본 루에서 일급살수와 이급살수의 합공을 그리 간단히 박살 낼 수 있는 사람이 몇이나 될까?"

"그건……."

"다섯 명도 채 되지 않을걸."

적희의 단언에 염쾌는 물론이고 매혼루의 수뇌 모두가 침묵을 지켰다.

"흠, 절정고수의 모가지를 따려면 최소한 특급살수 정도는 돼야지. 그것도 모르고 어설픈 놈들을 보냈으니."

형응의 질책에 강와가 무릎을 꿇었다.

"모든 것이 적의 전력을 제대로 파악하지 못한 제 불찰입니다."

"불찰은 무슨. 세상에 어떤 놈이 절정고수가 쟁자수 노릇을 하고 있을지 예측해. 게다가 나이도 몇 살 되지 않았다며?"

"예, 스물 전후로 보인다고 합니다."

"스물에 절정고수라니 나만큼이나 잘난 인간이네. 심장이 뛰는 것이 묘하게 끌려."

어깨를 으쓱거린 형응이 염쾌를 돌아보며 물었다.

"의뢰비가 얼마였지?"

"금자 오십 냥입니다."

"적지 않은 액수긴 한데 상대가 절정고수라면 이건 완전히 염가 봉사 수준이잖아."

"그렇긴 합니다."

염쾌가 한숨을 내뱉었다.

"의뢰를 포기하면 토해내야 하는 돈이 얼마야?"

"다섯 배니 정확히 이백오십 냥입니다. 신중히 생각하셔야 합니다, 루주님. 본 루의 명예가 걸린 일입니다."

염쾌가 포기는 절대로 안 된다는 표정으로 말했다.

"명예 따위가 문제가 아니라고. 포기하고 싶어도 할 수가 없는 액수잖아. 젠장! 추혼전주, 이거 어떻게 해야 돼?"

잠시 생각을 하던 강와가 입을 열었다.

"절정고수가 목표를 보호하고 있는 한 의뢰에 성공할 수 있는 것은 오직 특급살수뿐입니다. 참고로 절정고수라는 것도 추측일 수 있습니다. 어쩌면 더 강할 수도 있습니다."

강와의 말에 형응의 눈빛이 살짝 변했다.

"맞아. 나도 그게 조금 걸리더라고. 하수의 눈으로 고수의 진면목을 파악할 수는 없으니까. 그리고 하나 더. 의뢰인이 서문세가 쪽이라고 했지?"

"예, 정체를 드러내고 싶지 않은지 여러 단계를 거쳤지만 서문세가 쪽이 틀림없습니다."

"하긴, 황산진가가 돌아가는 꼴을 보면 모르는 것이 이상하지. 어쨌거나 의뢰비를 조금 더 알겨내 봐. 명색이 특급살수가 동원되는 일인데 금자 오십 냥은 너무하잖아. 쟁자수에 대해서도 언급해. 제 놈들이 제대로 정보를 주지 않았으니 크게 불만은 없겠지. 여차하면 의뢰 자체를 포기하고 확 까발린다고 해."

"루주님!"

염쾌와 적희가 동시에 소리쳤다.

"깜짝이야! 누가 진짜 그러래? 협상의 묘미를 발휘하라고. 추혼전주는 이해했지?"

형웅이 귀를 틀어막으며 강와에게 물었다.

"예, 놈들도 급할 테니까 어느 정도 비용은 더 받아낼 수 있을 것입니다."

"어느 정도가 아니라 제대로."

"최선을 다하겠습니다."

"그런데 누구에게 명을 내릴 거야?"

형웅이 지나가듯 물었다. 이미 염두해 둔 사람이 있는지 강와가 즉시 대답했다.

"암무(暗霧)가 적당할 것 같습니다."

"암무?"

형웅이 염쾌를 향해 고개를 돌렸다.

"일급에서 특급으로 오른 지 얼마 안 된 녀석입니다. 결원이 생겨서 특급살수로 승급시키긴 했는데 괜찮을지 모르겠습니다."

"아, 맞다. 내가 승급을 허락하고도 잊어먹었네. 요즘 들어 자꾸만 깜빡하는 것이 기억력이 예전 같지가 않아. 이게 다 영감들이 어릴 적부터 나를 괴롭힌 결과라고."

염쾌를 비롯해서 자신보다 최소한 몇 배는 더 나이든 이들을 앉혀 놓고 말 같지도 않은 소리를 던진 형웅이 탁자를 톡톡 치며 강와에게 질문을 던졌다.

"암무를 추천한 이유는?"

"다른 특급살수와 비교해 실력이 떨어지기는 하나 시간이 촉박합니다. 목표물이 목적지에 도착하기 전에 동원할 수 있는 특급살수는 암무뿐입니다."

"일전의 실수가 뼈아프네. 처음부터 특급살수를 동원할 걸 그랬어."

"죄송합니다."

강와가 다시금 머리를 조아렸다.

"어쨌거나 특급으로 승급을 했다면 최소한 오십 번의 의뢰는 무사히 성공했다는 거 아냐?"

"그렇습니다."

"좋아. 이번 임무, 암무에게 맡긴다. 뭐, 실패하면 알아서 뒈지겠지."

의자에 깊숙이 몸을 뉘는 형웅의 입가에 장난스런 미소가 걸렸다.

*　　　*　　　*

"잠시 휴식을 취하는 것이 어떨까요?"

육 부인이 가마의 창문을 통해 관후상에게 말했다. 그렇잖아도 가마꾼들의 피로도가 상당하다는 것을 느끼고 있던 관후상이 고개를 끄덕였다.

"말을 전해보겠습니다."

관후상은 황산진가 무인을 통해 장무선에게 육 부인의 의사를 전했다.

한시라도 빨리 황산진가에 도착하고 싶은 마음이 큰 장무선이었으나 만삭에 험한 일까지 겪은 육 부인의 건강이 무엇보다 우선이었기에 곧바로 휴식을 명했다.

"불편하진 않으십니까?"

장무선이 좁은 가마에서 나와 휴식을 취하고 있는 육 부인에게 다가오며 물었다.

"그런대로 견딜 만은 해요."

육 부인이 애써 미소를 보이며 말했다.

흔들리는 가마를 탄다는 것은 꽤나 고된 일이다. 더구나 정상적인 가마도 아니고 살수들의 공격에 박살이 난 가마를 대충 수리해서 이용하고 있는 중이라 그 피로도는 말로 표현할 수가 없을 터였다.

내색은 하지 않아도 핼쑥해진 얼굴은 지난 며칠의 강행군이 그녀에게 얼마나 힘들었는지 말해주고 있었다.

"앞으로 얼마나 더 남은 거죠?"

육 부인이 관후상이 건넨 물잔으로 목을 축이며 물었다.

"글쎄요. 정확히 말씀드리긴 어렵지만 지금 속도를 유지한다면 사흘 이내에 도착할 수 있을 것입니다."

"사흘이군요."

육 부인이 조용히 읊조렸다. 그녀가 어떤 심정으로 지금껏 버텨왔는지 알고 있던 장무선이 부드러운 미소를 지으며 말했다.

"걱정하지 마십시오. 무사히 도착할 수 있을 겁니다."

"그랬으면 좋겠네요."

고개를 끄덕이는 육 부인의 시선은 은연중 풍월을 찾고 있었다.

일행이 휴식을 취하는 곳에서 다소 떨어진 곳, 참나무 그늘 아래에서 팔베개를 하며 누워 있는 풍월은 휴식을 취하면서도 은근한 긴장감이 서려 있는 다른 이들과는 달리 참으로 편해 보였다.

용패가 그의 발치에서 열심히 칼을 휘두르고 있었다.

산적들 몇을 상대할 수 있는 실력이 있다는 것은 이미 지난 싸움에서 증명을 했다. 다만 애당초 그의 위치가 쟁자수였고, 첫 살인으로 인해 심리적으로 크게 흔들린 상황인지라 전력적으로 별다른 도움이 되지 않을 것이라 여긴 장무선은 다른 쟁자수들과 함께 그를 남기려 했다.

하지만 용패는 모든 이들의 예상을 깨고 표행에 남기를 청했다.

뭔가 뜻한 바가 있는지 기왕이면 홍추와 함께 잔류를 하는 것이 좋겠다는 풍월의 강력한 권유에도 고집을 꺾지 않았을 뿐더러 평소보다 더욱 혹독한 수련을 요구하기까지 했다.

풍월은 그의 바람대로 이전과는 비교도 되지 않을 정도로 훈련의 강도를 높였다.

실력이 드러난 상황에서 눈치 볼 이유도 없다고 여겼는지 틈이 날 때는 물론이고 이동 중에도 어떻게든지 시간을 짜내 훈련을 시켰다.

그러면서도 표행을 지체시키거나 방해하는 행동은 하지 않으니 그들의 괴행을 보면서도 아무도 뭐라는 사람이 없었다.

오히려 흥미로운 눈길로 용패의 수련을 지켜보는 눈이 많았다. 특히 지금처럼 칼을 들고 섬풍삼도를 익힐 때면 유난히 눈길이 쏠렸다.

"참, 대단하네요, 저들은."

상황이 어찌 돌아가는지 뻔히 알면서도 휴식과 수련에 열중인 그들의 여유로움이 전해진 것인지 육 부인의 표정이 한결 밝아졌다.

"그러게요. 두려움이 없는 것인지 그만큼 자신감이 충만한 것인지 모르겠습니다."

"풍 소협에게 이렇게 도움을 받을 줄은 그땐 정말 생각도 못했어요."

"하하하! 그걸 예상한 사람이 누가 있을까요? 확실히 사람은 착하게 살아야 복이 오는가 봅니다."

호탕하게 웃은 장무선이 손가락을 튕겼다.

휴식이 끝났음을 알리는 신호에 휴식을 취하고 있던 표사들이 일제히 자리에서 일어났다.

장무선은 생각보다 짧은 휴식에 육 부인이 다소 아쉬워하는 기색을 보이자 웃으며 말했다.

"앞으로 반 시진 정도만 더 가면 충분히 휴식을 취할 수 있는 곳이 있습니다. 조그만 객점이긴 하지만 꽤나 유명한 곳이지요."

"아, 그렇군요."

육 부인이 반색을 했다.

"종류가 많지 않기는 해도 음식 또한 먹을 만합니다. 특히 연잎으로 빚은 술은 워낙 인기가 좋아서 제때를 맞추지 못하면 동나기 일쑵니다."

술 생각만으로도 침이 고이는지 장무선이 혓바닥을 내밀어 입술을 핥았다.

"자주 다니신 곳인가 보군요."

"제법 다녔지요. 경덕진과 황산으로 향하는 길목에 위치한지라 일 년에 두어 번은 꼭 들르는 곳입니다."

"기대가 되네요. 그런데 객점 이름이 뭐죠?"

육 부인이 눈동자를 반짝거리며 물었다.

"추우객점(秋雨客店)이라고 합니다."

장무선은 마치 자신이 객점의 주인이라도 되듯 가슴을 쫙 펴며 말했다.

"일층 큰 방엔 조금 여유가 있는 듯합니다만 이층은 구석에 있는 조그만 방 하나가 남았을 뿐이랍니다."

일행보다 한발 앞서 객점으로 움직였던 표사 천굉의 말에 장무선은 낭패한 표정을 감추지 못했다.

"이것 참, 이런 적이 없었는데 이상하군. 단풍철도 아닌데 어째서……."

"천양표국이 머물고 있습니다."

"천양… 표국?"

천양표국이란 말에 장무선의 표정이 살짝 일그러졌다.

화영표국과 더불어 장강 이남에서 손꼽히는 천양표국은 아무래도 같은 지역에서 경쟁을 하다 보니 유난히 사이가 좋지 않은 곳이기도 했다.

"예, 항주에 들렀던 낙산상회의 상인들을 호위하며 경덕진으로 향하는 중이랍니다."

"나도 그 얘기는 들었어. 내 말은 그런데 왜 여기에 있느냔 말이야? 우리보다 사흘이나 먼저 출발을… 아!"

짜증 섞인 말을 내뱉던 장무선이 자신도 모르게 탄식했다.

육 부인을 보호하느라 최대한 빨리 이동을 했고 암습을 받은 이후엔 쟁자수와 상인들을 분리하게 되었다. 그만큼 이동 속도가 빠를 수밖에 없었으니 자연적으로 먼저 출발한 천양표국을 따라잡고 만 것이다.

게다가 낙산상회의 상인들은 항주의 특산품인 용정차를 비롯해서 온갖 물건들을 잔뜩 구입해서 이동하는 터라 이동이 더딜 수밖에 없었다.

"빌어먹을! 가뜩이나 작은 객점인데 천양표국에 낙산상회라면 자리가 없을 만도 하겠네."

"육 부인을 이층 방에 모신다고 했을 때 우리도 문제입니다. 호위를 위해서라도 일층에서 천양표국 놈들과 함께 지내야 합니다."

장무선은 천굉의 말에 고개를 저으며 단호히 말했다.

"그럴 수야 없지. 그런 놈들하고 함께 방을 쓰느니 차라리 노숙을 하는 것이 낫겠다."

"객점 주변엔 딱히 이슬을 피할 데가 없습니다. 천막이 몇 개 있기는 해도 태부족이고요."

"숲으로 가면 돼."

"하면 육 부인의 호위는 어쩝니까? 객점과의 거리가 제법 됩니다."

천굉이 우려를 표했다.

"어떻게든지 방 하나를 더 구해야지. 황산진가의 무인들하고 저 친구만 머물 수 있으면 돼. 객점 주변으론 우리가 일차적으로 경계를 돌고."

장무선의 시선이 어느새 용패와 투닥거리고 있는 풍월에게 향해 있었다.

"이층 방을 천양표국에서 다 차지했다고 했지?"

"예."

"누구야, 천양표국의 수장이?"

"모일황 대표두입니다."

이름을 듣는 순간, 장무선의 표정이 제대로 일그러졌다.

천양표국에서도 최고참으로 통하는 모일황은 천양표국에서도 가장 말이 통하지 않는 사람이고 자신과도 악연이 꽤나 많았기 때문이다.

"그 싸가지 없는 놈이라면 방 얻기가 꽤나 버겁겠다. 방이 남아돌아도 거지에게 내줄지언정 우리에겐 넘기지 않을 놈이야."

조용히 다가와 두 사람의 얘기를 듣던 구원후가 한숨을 내쉬며 말했다.

그 역시 현역에서 활동할 때도 제법 부딪쳐 왔기에 모일황의 지랄맞은 성정을 누구보다 잘 알고 있었다.

"부탁할 생각도 없습니다."

"하면 어찌할 생각이냐?"

"급한 사람이 불을 꺼야겠지요. 황산진가와 해남파의 이름이라면 제 놈들도 함부로 대하지는 못할 테니까요."

장무선이 가마에서 내리고 있는 육 부인과 그녀를 부축하고 있는 관후상을 바라보며 말했다.

장무선의 예측은 정확하게 들어맞았다.

화영표국이 방을 구하지 못해 애를 먹는 모습을 비웃음과 함께 지켜보던 천양표국은 황산진가와 해남파의 이름을 내세운 관후상이 방 하나를 더 내어달라고 정중히 요청하자 어쩔 수 없이 방을 내줘야만 했다.

황산진가와 해남파의 이름도 이름이지만 만삭이 된 산모의 어려움을 모른 체했다는 것이 강호에 알려지면 천양표국의 명성이 땅에 떨어질 것이 뻔했기 때문이다.

육 부인과 황산진가의 무인들이 이층 구석의 방에서 짐을 풀고 있을 때 화영표국은 추우객점과 조금은 떨어진 숲에서 야영 준비를 마치고 객점 안으로 이동했다.

아무리 야영을 한다고 해도 눈앞에 객점을 놔둔 채 맛없는 육포 따위를 씹을 이유는 없는 것이다.

화영표국의 표사들이 객점에 들어서자 때마침 식사를 마친 천양표국과 낙산상회의 상인들이 자리에서 일어나고 있었다.

원수가 외나무다리에서 만나듯 잡아먹을 듯 노려보는 그들의 기세에 낙상상회의 상인들과 다른 여행객들만 주눅이 들어 어쩔 줄을 몰라 했다.

"소란스럽게 하지 말고 그냥 꺼져라."

구원후가 모일황에게 손짓하며 자리에 앉았다.

"홍! 누가 보면 선배가 주인인 줄 알겠소. 아, 그러고 보니 은퇴하고 이런 객점이나 하면 딱 어울리겠네."

모일황이 비릿한 웃음을 흘리며 구원후를 모욕하자 장무선이 한 걸음 앞으로 나갔다.

"모 선배, 함부로 아가릴 놀리다간 여기서 은퇴하는 수가 있소."

"은퇴? 네놈 따위가 나를?"

모일황이 가소롭다는 듯 비웃었다.

"못할 것 같소?"

"자신 있으면 해보던가."

모일황이 해볼 테면 해보라는 듯 손가락을 까딱이며 도발했다.

금방이라도 칼부림이 날 것 같은 일촉즉발의 상황.

두 사람의 배후에 선 표사들의 분위기도 폭발할 듯 고조되고 있을 때 지금의 분위기와는 전혀 어울리지 않는 음성이 들려왔다.

"주인장, 여기 주문 안 받아요?"

모든 이들의 시선이 목소리의 주인에게 향했다.

이층에 간단히 짐을 풀고 가장 먼저 자리를 차지하고 앉아 있는 풍월이었다.

모두의 시선을 한눈에 받음에 어색함을 감추지 못하고 고개를 숙이고 있는 용패와는 달리 풍월은 태연하기만 했다.

"뱃가죽이 등에 붙었어요. 이러다가 염라대왕하고 안면 트고 오는 건 아닌지 몰라."

풍월의 장난스런 음성에 맥이 탁 풀린 것인지 객점을 휘감고 있던 살벌한 분위기가 조금은 사그라들었다.

이층에서 짐을 풀던 육 부인과 황산진가 무인들까지 내려오기 시작하자 모일황도 더 이상 도발을 할 수는 없었다.

모일황이 장무선과 풍월을 번갈아 바라보며 혀를 찼다.

"쯧쯧, 어느 표국의 애송이인지 모르지만 버르장머리 하고는……."

장무선이 이에 발끈하려 하자 구원후가 그의 팔을 잡고 고개를 흔들었다.

"됐다. 저런 잡놈과 드잡이질을 해봐야 우리만 손해다. 어쨌건 놈에게 신세를 진 육 부인의 입장도 생각해야 하고."

"알겠습니다."

장무선 역시 일을 크게 키울 생각이 없었기에 물러나는 모일황의 뒷모습을 잠시 노려보는 것으로 일을 마무리했다.

양측의 충돌이 큰 사달 없이 마무리되자 그렇잖아도 낡은 객점이 박살이나 나지 않을까 노심초사하고 있던 객점 주인 양 씨가 호들갑을 떨며 달려왔다.

"오랜만에 뵙습니다, 대표두님."

장무선을 향해 고개가 꺾여라 인사를 하던 양 씨가 구원후를 발견하곤 두 눈을 휘둥그레 떴다.

"아이고! 이게 누구십니까? 어르신! 풍룡창 어르신께서도 오셨군요."

"허허! 오랜만일세. 잘 지냈는가?"

구원후가 반가운 표정을 지으며 다가가 양 씨의 어깨를 두드렸다.

"저야 늘 그렇지요. 한데 어르신께선 은퇴를 하셨다고 들었습니다만 다시 복귀하신 건지요?"

"아닐세. 오랫동안 쉬니 답답하기도 해서 바람이나 쐴까 하고 나온 걸세."

"잘하셨습니다. 이렇듯 정정하신 걸 보니 은퇴하시려면 한 십 년은 지나야겠습니다."

"허허! 사람 참. 그놈의 허풍은 여전하군."

구원후는 양 씨의 과장스런 태도에 겸연쩍어 하면서도 싫어하는 기색은 전혀 없었다.

"그래, 뭣들 드시겠습니까? 오랜만에 오셨는데 제가 제대로 실력 발휘를 해보겠습니다."

양 씨가 자신만만한 태도로 물으며 때가 꼬질꼬질한 식단
표를 건넸다. 마치 세상 모든 요리에 달통했으니 마음껏 시키
라는 착각을 불러일으킬 정도였다.

구원후나 장무선이 양 씨가 건넨 식단표엔 아예 시선조차
주지 않자 조바심이 난 풍월이 슬며시 식단표를 낚아챘다. 그
리곤 기대에 찬 얼굴로 식단표를 읽어 내려갔다.

자신만만한 태도가 이해가 갈 정도로 다양한 종류의 음식
들이 적혀 있었다. 항주에서 많은 요리를 맛보았음에도 이름
조차 들어보지 못한 것들이 삼분지 이가 넘을 정도였다.

"전 이것으로."

들뜬 표정으로 식단표를 살피던 풍월이 그중에서 마음에
드는 것 하나를 골랐다.

일전에 항주에서 맛봤던 것으로 꿩고기에 온갖 양념을 더
해 끓이는 일종의 탕 요리였다.

"아, 죄송합니다만 그 요리는 아치(兒雉: 새끼 꿩)로 요리를 해
야만 제대로 맛이 나옵니다만 요즘은 번식기가 아니라 아치
를 구하기가 영 쉽지가 않아서… 죄송합니다."

"그런… 가요?"

실망한 표정으로 다시 식단표를 훑은 풍월이 다른 요리를
주문했다.

항주에서 가장 즐겨 먹은 동파육이었다.

당연히 있을 것이란 예상을 깨고 양 씨가 다시금 양해를 구했다.

"죄송합니다만 소홍주가 떨어져서 지금은 만들 수가 없습니다."

"예? 소홍주하고 동파육하고 뭔 관계가 있다고……"

풍월이 얼떨결에 묻자 양 씨가 정색을 하며 말했다.

"자고로 제대로 된 동파육은 비계와 살이 적당히 배합된 돼지고기를 소홍주와 간장에 넣고 삶아야 비로소 그 맛과 향이 살아납니다. 시답잖은 놈들이 아무런 술이나 처넣는데 그래서야 제대로 된 동파육이라 할 수 없지요. 오직 소홍주만이 동파육의 진실된 맛을 살릴 수가 있습니다. 한데 그 소홍주가 떨어졌으니 어찌 요리를 할 수 있겠습니까?"

양 씨의 표정엔 요리를 하는 사람으로서의 자부심이 가득했다.

"그, 그래요? 그럼 할 수 없지요."

양 씨의 박력에 밀린 풍월이 다시금 식단표에 시선을 돌리자 구원후와 장무선은 서로 눈빛을 교환하며 애써 웃음을 참았다.

"그럼 이것으로 하겠습니다."

풍월이 주문한 것은 양고기를 기름 양념에 발라 구운 간단한 요리였다. 중요한 것은 양 씨가 이번에도 고개를 저었다는 것이다.

"왜요? 이것도 없어요?"

풍월이 화를 참지 못하고 물었다.

"안타깝지만 재료가 다 떨어졌습니다. 어제 대규모의 상단이 다녀간지라……."

"끄응."

억지로 화를 참는 듯한 신음과 함께 식단표를 내려놓은 풍월이 장무선에게 말했다.

"먼저 고르세요."

장무선은 기다렸다는 듯 주문을 했다.

"아두포(兒頭包)와 소면. 술도 주게."

"바로 준비하겠습니다."

구원후의 주문이 바로 이어졌다.

"난 닭볶음하고 밥. 아, 닭볶음은 맵게 해주게나. 적당한 것은 사양이야."

"예, 제대로 맵게 해드리지요."

주문도 쉽고 대답도 쉽다.

풍월이 멍한 얼굴로 양 씨를 바라보고 있을 때 탁자 하나씩을 차지하고 앉은 표사들의 주문이 쏟아졌다.

놀라운 것은 양 씨가 그 많은 주문 중에서 단 한 번도 거절

하지 않았다는 것이다.

이유는 오래 생각할 필요도 없었다.

각 탁자에서 주문된 요리는 오직 아두포와 소면, 그리고 닭볶음으로 한정되어 있었던 것이다.

이를 알게 된 풍월은 어처구니없다는 표정으로 식단표와 양 씨를 번갈아 바라보았다.

"주문하시겠습니까?"

표정 하나 바뀌지 않고 묻는 양 씨를 보며 곳곳에서 킥킥대는 소리가 들려왔다.

"얘기해 봤자 받아줄 것도 아니면서. 주문이고 뭐고 알아서 대충 차려봐요."

심술맞은 아이처럼 퉁명스레 내뱉은 풍월이 장무선을 향해 물었다.

"그런데 아두포가 뭡니까?"

"오직 이곳에서만 맛볼 수 있는 별미지. 자네 소롱포는 알지?"

"이것 참, 왜 이러실까나. 만두 아닙니까, 만두! 제가 비록 요리에 대해 문외한이라도 언제 어디서든 가장 흔하게 먹을 수 있는 만두까지 모르진 않습니다."

풍월이 무시하지 말라는 투로 말했다.

"그 소롱포를 아이의 머리처럼 크게 만들었다고 해서 아두포라 부른다네."

장무선이 과장된 표정으로 양손으로 원형을 만들었다.

방금 전, 양 씨의 허풍에 당한 풍월은 장무선의 말에서 진의를 확인하기 위해 잠시 그를 살폈다.

"진짭니까?"

"농이 아닐세. 진짜 이만한 소룡포라고 생각하면 돼."

장무선이 다시금 손짓을 하며 요란을 떨 때 주방으로 향했던 양 씨가 커다란 쟁반에 김이 모락모락 나는 아두포를 가지고 나타났다.

"바로 이게 아두포네."

장무선이 아두포를 받아 들며 반색을 했다.

'맙소사! 무슨 놈의 만두가!'

풍월은 압도적인 만두의 크기에 잠시 동안 말을 할 수가 없었다.

식탁에 장무선과 구원후, 그리고 알아서 준비한 풍월의 음식을 내려놓은 양 씨가 고개를 홰 저으며 침을 질질 흘리고 있는 표사들을 향해 말했다.

"여분이 있어 어르신 자리에 우선 준비했습니다만 잠시만 기다려 주십시오. 최대한 빨리 준비토록 하겠습니다."

"술이라도 먼저 주시게."

"준비는 무슨 얼어 죽을. 일단 있는 거라도 가져다줘."

"내 말이. 닭이 살아 날뛰어도 괜찮으니 대충 가져와 주게. 배고파 죽겠다니까."

양 씨의 말에 화답하듯 농 섞인 말들이 오가는 사이 풍월의 젓가락은 이미 아두포의 속을 헤집고 있었다.

찝찝한 표정으로 맛을 보던 풍월의 눈이 휘둥그레졌다.

아두포에서 소롱포의 향기를 제대로 느낀 풍월은 젓가락을 집어 던지고 양손으로 뜯어 먹기 시작했다.

사람들은 그런 풍월의 모습에 다시금 웃음을 터뜨리고, 양 씨는 자부심 가득한 표정을 지으며 주방으로 향했다.

본격적으로 요리가 나올 즘 풍월은 이미 풍족하게 부른 배를 두드리며 아두포와 더불어 추우객점의 또 다른 자랑이라는 연엽주를 맛보고 있었다.

맛은 독하고 쌉싸름했다.

독주를 즐겨하지 않기에 그다지 마음에 들지 않았지만 입 안을 휘감고 도는 향만큼은 인정하지 않을 수 없었다.

향기에 취한다는 표현이 딱 어울릴 정도로 맑고 그윽한 것이 가히 환상적이었다.

"어떤가? 괜찮지?"

장무선이 빈 잔에 술을 따라주며 물었다.

풍월은 마치 칭찬을 바라는 듯한 꼬마처럼 반짝반짝 빛나는 장무선의 눈동자를 보며 자신도 모르게 웃음을 터뜨렸다.

"하하하! 다른 건 모르겠지만 향만큼은 정말 최고네요."

"아무렴. 여러 곳을 돌아봐도 이 연엽주만큼 향이 좋은 술은 보지 못했네. 가히 천하제일이라 해도 과언은 아니지."

풍월이 자신의 마음을 알아주었다는 것이 기쁜지 장무선은 기분 좋게 술잔을 들이켰다.

하지만 거기까지였다.

며칠간의 강행군 끝에 이어진 휴식, 오랜만에 마시는 술이었지만 그는 자신의 임무를 잊지 않았다.

딱 석 잔의 술을 마신 장무선은 혹여나 분위기에 취해 무리를 하는 이들이 없는지 날카로운 눈으로 주변을 살폈다. 다행히 우려스런 일은 일어나지 않았다.

"그런데 황산까지는 얼마나 남은 겁니까?"

풍월이 잔을 내려놓으며 물었다.

"늦어도 사흘 정도면 도착하지 싶네."

장무선이 육 부인 일행을 힐끗 바라보며 말했다.

허기가 진 것인지 육 부인도 관후상이 안전을 확인하고 건넨 요리를 정신없이 먹고 있었다.

"분명 무슨 수작이 있을 것 같은데 잠잠한 것이 어째 불안하네요."

"딱히 기회가 없었을 테니까. 지형적으로도 그렇고. 하지만 앞으로가 문제일세. 공격받기 좋은 곳들이 너무 많아."

장무선은 황산까지 이어지는 험난한 길을 떠올리며 미간을 찌푸렸다.

"이곳은 어떤가요? 제가 살수라면 이렇게 북적북적하고 소란스런 장소도 좋을 것 같은데."

풍월이 슬그머니 주변을 둘러보며 물었다.

장무선과 구원후가 자신들도 모르게 고개를 돌렸다.

허겁지겁 음식을 먹는 표사들을 비롯해서 몇몇 구석진 곳에 낯선 이들이 묵묵히 음식을 먹고 있었다.

그들은 천양표국에 이어 화영표국의 표사들까지 들이치자 혹여나 무슨 일이라도 벌어지는 것은 아닌지 조금은 불안한 얼굴들을 하고 있었다.

"딱히 수상한 사람은 없어 보이는데. 혹 위험한 자라도 눈에 띄는가?"

장무선이 물었다.

"아니요. 그건 아닌데요. 그냥 너무 안심들 하는 것 같아서요. 할아버지들께선 말씀하셨거든요. 뛰어난 살수는 단순히 살예가 뛰어난 것이 아니라 상대의 허점을 잘 파고드는 자들이라고요."

"우리가 안심하고 있는 것으로 보였느냐?"

구원후가 굳은 표정으로 물었다.

"예, 그래 보였습니다."

풍월이 정직하게 대답했다.

"음, 네가 그리 보았다면 그런 것이겠지. 아무래도 익숙한 장소에 도착하다 보니 우리도 모르게 그런 것 같다. 안 그러냐?"

구원후의 질문에 장무선의 낯빛이 살짝 붉어졌다.

"예, 천양표국의 사람들도 있고 이렇게 탁 트인 곳에서 무슨 일이 벌어지겠느냐는 안이한 생각을 하고 있었던 것 같습니다. 자네 보기도 부끄럽군."

"그렇게 과하게 반응하실 건 없고요. 대충 살펴봤지만 크게 위험한 사람은 보이지 않았으니까요."

풍월이 웃으며 술잔을 들어 향을 맡았다.

'단, 그들이 천양표국이나 낙산상회의 사람이 확실하다는 전제가 있어야겠지만요.'

풍월이 조금 전, 이층에서 내려오며 스쳐 지나갔던 중년 남자와 그의 자식들로 보이는 남녀를 떠올렸다.

젊은 남녀도 나름 뛰어났지만 중년 남자의 몸에서 은연중 느껴지는 기운은 화도를 떠난 이후 처음 접하는 대단한 것이었다.

"만약 자네의 이목을 피한 것이라면?"

장무선이 조용히 물었다.

연엽주의 향에 취해 코를 벌름거리던 풍월의 움직임이 그대로 멈추는가 싶더니 어깨를 살짝 으쓱이며 잔을 내려놓았다.

"그렇다면 정말 위험한 상황이지요. 제가 이래 봬도 눈치 하나는 정말……."

풍월이 말끝을 흐렸다.

딱딱하게 굳은 시선이 추우객점의 정문으로 향했다.

딸랑.

종소리와 함께 문이 활짝 열리고 허리가 꾸부정한 노인과 커다란 봇짐을 멘 청년이 객점 안으로 들어섰다.

음식에 정신이 팔린 대부분의 사람들은 그들의 등장에 신경조차 쓰지 않았지만 풍월과 그의 시선을 따라 고개를 돌리고 있던 장무선, 구원후는 달랐다.

조금 전, 풍월에게 나름의 충고를 들은 그들은 새롭게 등장한 노인과 청년을 빠르게 훑었다. 혹여나 육 부인을 노리고 위장한 살수가 아닌가 신중히 그들의 기운을 살폈다.

장무선과 구원후의 날카로운 시선을 아는지 모르는지 옷에 묻은 먼지를 툭툭 털어낸 노인과 청년은 발 디딜 틈도 없는 객점 안을 보며 잠시 인상을 찌푸리다가 오랜만에 대목을 맞은 양 씨의 재빠른 안내를 받으며 자리에 앉았다.

막 식사가 끝났는지 청소도 제대로 되지 않은 자리였으나 노인과 청년은 별다른 불만을 표시하진 않았다.

양 씨는 눈에 보이지도 않을 정도로 빠른 몸놀림으로 탁자 위에 쌓인 접시며 오물을 치우곤 오랜만에 오셨느니 어쩌니 하며 반갑게 맞이했다.

가볍게 고개를 끄덕인 뒤 입을 다물고 있던 노인은 추우객점이 처음인 듯 풍월이 저지른 실수를 똑같이 저지르는 청년을 보며 혀를 차곤 능숙하게 주문을 했다.

뭔가가 잘못됐는지 연신 허리를 숙이고 사죄를 하며 주문을 받은 양 씨가 주방으로 달려갈 때까지 신중한 눈으로 그들을 살핀 장무선과 구원후가 조용히 말을 주고 받았다.

"어찌 생각하느냐?"

"크게 수상한 점은 없는 것 같습니다. 숙부님이 보시기엔 어떠십니까?"

"노부도 그렇게 느꼈다. 노인의 눈빛이 날카롭기는 하다만……"

말끝을 흐린 구원후가 여전히 그들, 정확히 말하자면 노인에게서 시선을 떼지 못하고 있는 풍월을 바라보며 물었다.

"수상한 점이라도 있느냐?"

"글쎄요."

모호하기만 한 대답에 장무선과 구원후의 표정이 대번에 변했다.

노인과 청년이 뛰어난 실력을 지닌 살수라고 가정했을 때

어차피 자신들의 실력으로 그들의 정체를 간파하기란 불가능에 가깝다. 일행 중 가능한 사람이 있다면 솔직히 어디까지가 진짜 실력인지 가늠이 잘 안 되는 풍월뿐이다.

한데 그런 풍월마저 확신을 하지 못한다는 것은 최악의 경우 감당하기 힘든 적이 등장했다는 것을 의미했다.

장무선과 구원후가 불안한 눈빛을 주고받을 때 풍월은 풍월 나름대로 열심히 머리를 굴리고 있었다.

그는 문이 열리기 전부터 노인에게서 압도적인 존재감을 느끼고 있었다.

힘이 겉으로 드러나지는 않았다. 만약 그랬다면 장무선이나 구원후도 노인의 힘을 곧바로 알아차렸을 터.

노인은 힘을 감추고 있었고 풍월은 그 노인이 감추고 있는 힘의 본질을 느낀 것이다.

노인은 감춘다고 감춘 것이겠지만 노인과 아주 비슷한 기질을 지닌 송산, 광혼과 평생을 함께 보낸 풍월에겐 통하지 않았다.

주문을 마친 노인이 소란스런 주변을 천천히 돌아보다가 자신을 뚫어지게 바라보는 풍월과 시선을 마주쳤다.

노인의 눈동자 깊은 곳에서 섬광이 일었다 사라졌다.

"재밌는 놈이 있구나."

노인의 중얼거림에 그때까지 자신의 잘못이 뭔지 파악을 하지 못하고 열심히 식단표를 살피던 청년이 고개를 들었다.

"예?"

"됐다. 멍청하게 굴지 말고 그거나 내려놔."

노인의 퉁명스런 대꾸에 청년이 뒤통수를 벅벅 긁으며 식단표를 내려놓았다.

잠시 풍월을 바라보던 노인은 곧 관심을 거두곤 청년을 향해 몇 마디 말을 더 건넸다. 그때마다 뒤통수를 긁는 청년의 손은 더욱 거칠어졌다.

양 씨가 얼마 지나지 않아 노인이 주문한 요리를 가지고 왔다. 어차피 주문한 요리가 조금 전 표사들이 주문한 요리와 대동소이하기에 여분이 남아 있었던 것이다.

노인은 요리가 아니라 우선적으로 술병에 시선을 주었다.

"연엽주는 없다고 하지 않았느냐?"

"예, 어르신. 죄송스러워서 죽엽청을 준비했습니다. 원하시는 술은 아니나 그런대로 마실 만은 하실 겁니다. 아, 당연히 값은 받지 않겠습니다."

양 씨의 말에 살짝 기대에 찼던 노인의 표정이 실망감으로 가득찼다.

"꿩 대신 닭이로구나."

쓰게 입맛을 다신 노인이 죽엽청을 따랐다. 연엽주만큼은 아니더라도 그 향이 제법 괜찮았다.

"나쁘진 않군."

노인이 입안을 알싸하게 싸고드는 주향을 느끼며 고개를 끄덕였다.

"잘 마시지."

노인의 말에 양 씨가 밝은 표정으로 돌아서자 풍월이 기다렸다는 듯 술병을 들고 일어섰다.

"자네, 무슨 일을 하려는 것인가?"

장무선이 황급히 그의 팔을 잡고 물었다.

"확인을 좀 할 것이 있어서요."

살며시 팔을 뗀 풍월이 노인을 향해 걸어갔다.

노인은 풍월의 행동에 전혀 개의치 않고 닭볶음을 안주 삼아 술병을 기울이고 있었다.

"닭의 맛이 생각보다는 괜찮으신가 봅니다, 어르신."

노인이 풍월을 향해 고개를 돌렸다. 같잖다는 눈빛이었다.

"아, 예. 닭 요리가 정말 맛있군요. 드셔보시겠습니까?"

청년이 양념이 잔뜩 묻은 입가를 쓱쓱 문지르며 물었다. 옆쪽으로 몸을 기울이는 것이 풍월이 고개라도 끄덕이면 자신의 자리라도 내줄 기세였다.

청년의 태도에 당황한 것은 오히려 풍월이었다.

닭이 그 닭이 아닌 것이다.

얼른 마음을 추스린 풍월이 최대한 자연스러운 웃음을 지으며 손에 든 술병을 슬그머니 내밀었다.

"그, 그래도 닭보다는 꿩이 낫지 않겠습니까?"

노인의 시선이 술병으로 향했다.

풍월은 노인의 콧등이 살짝 움직이는 것을 놓치지 않았다.

"충분하진 않지만 반주로 드시기엔 부족하지 않으실 겁니다. 제가 한잔 따르겠습니다."

"그래? 그럼 따라봐라."

풍월이 술병을 들고 흔들자 노인이 가소롭다는 눈빛으로 그를 바라보며 잔을 내밀었다.

풍월은 노인의 시선에서 '그래, 네놈이 어디까지 하는지 두고 보자'라는 의도를 읽을 수 있었지만 중요한 것은 그게 아니었다.

풍월의 눈은 이내 술잔을 내민 노인의 손에 고정되었다.

노인은 나이와는 전혀 어울리지 않는 매끈한 손과 손가락을 지녔다. 조금 과장해서 말한다면 젊은 여인네의 손이라고 해도 무방할 정도였고, 심지어 손 전체가 은은히 빛나는 것 같기도 했다.

'역시. 하지만 하나 더.'

풍월은 술을 마시는 노인의 얼굴을 똑바로 응시했다. 어찌 보면 상당히 무례한 행동이었기에 노인은 당연히 불편한 심기를 내비쳤다.

"어째서 그리 쳐다보는 것이냐?"

말투며 눈빛이 싸늘했다.

풍월은 차가워진 노인의 눈에서 자신이 원하고자 하는 것을 찾았다.

'사백안(四白眼: 눈동자를 중심으로 흰자위가 모두 드러나는 것)!'

술병을 든 풍월의 손끝이 파르르 떨렸다.

그의 뇌리에 언젠가 송산과 광혼이 해줬던 말이 떠올랐다.

"구부정한 허리에 여인처럼 아름답고 부드러우며 은은히 빛나는 손, 그리고 사백안을 가진 노인을 만나게 되면 절대 경거망동하지 말고 예의를 다하여라. 그가 바로 침 하나로 생사를 결정한다는 생사의괴 제갈총이다."

"제가 무례를 저질렀습니다."

풍월이 얼른 고개를 숙였다.

[처음 뵙습니다, 생사의괴 어르신.]

느닷없는 전음에 생사의괴의 눈동자가 크게 흔들렸다. 하지만 이내 평정심을 되찾고 물었다.

"네 녀석은 누구냐?"

"풍월이라 합니다."

정중히 고개를 숙인 풍월은 생사의괴의 허락도 없이 의자에 앉았다.

눈꼬리를 치켜올리며 풍월을 노려보던 생사의괴가 주위를 의식하며 속삭이듯 물었다.

"노부를 어찌 알아본 것이냐?"

생사의괴는 자신의 정체를 굳이 부인하지 않았다. 확신에 찬 풍월의 음성에서 굳이 부인을 해봐야 소용없다고 여긴 듯했다.

"할아버지들께서 어르신에 대해 말씀해 주셨습니다."

"네 할아버지들이 누구기에 노부를 안단 말이냐?"

[화산검선과 철산마도. 무림의 동도들이 두 분을 이리 부르셨다고 하셨습니다.]

"헙."

상상도 하지 못했던 이름에 생사의괴의 입에서 절로 신음이 흘러나왔다.

생사의괴는 조금 전과는 비교가 되지 않을 정도로 날카로운 눈빛으로 풍월을 살폈다.

이십여 년 전, 무림에서 갑자기 사라진 무림이우의 후계자를 자처하는 인물이 눈앞에 있으니 그 진의를 살펴보기 위함이었다. 단순히 눈으로 살펴보는 것뿐만이 아니었다.

"윽!"

갑자기 들이치는 살기에 풍월이 탁한 신음을 내뱉었다. 하지만 단전에서 자연스레 일어난 기운이 곧바로 살기를 밀어냈다.

자신이 쏘아보낸 살기가 흔적도 없이 사라지는 것을 보며 생사의괴는 또 한 번 놀랄 수밖에 없었다.

사람들의 눈을 의식해 비록 전력을 다한 것은 아니라고 해도 최소한 칠성 이상의 힘이 담긴 기운이었다. 그렇게 간단히 사그라들 힘이 아닌 것이다.

생사의괴의 힘을 너무도 간단히 밀어낸 풍월은 오히려 담담한 미소를 짓고 있었다.

자랑스러워하지도, 그렇다고 두려워하지도 않았다. 이 정도의 일은 일상이라는 듯 너무도 자연스런 모습에 생사의괴는 풍월의 정체에 대한 의심을 바로 접어버렸다.

약관 정도의 나이에 이 정도 괴물을 키워냈다면 최소한 검선과 마도 정도의 인물은 되어야 한다고 인정했다.

"그 친구들은 잘 지내고 있느냐?"

풍월에게 쏘아보내던 기운을 거둔 생사의괴가 나름 부드러운 음성으로 물었다.

노기를 거두자 또렷이 드러났던 사백안도 조용히 사라졌다.

"즐겁게 사시다 편히들 가셨습니다."

풍월의 말에 생사의괴의 눈동자가 크게 흔들렸다.

"가, 가다니? 대체 언… 제?"

"작년, 한 해 차이로 나란히 떠나셨습니다."

"허! 벼락 맞아 뒈질 놈들. 뭐가 그리 바쁘다고 먼저……."

상당히 충격을 받은 것인지 생사의괴는 한동안 말을 잇지 못했다.

풍월은 묵묵히 술을 따르며 그의 충격이 가시길 기다렸다.

"듣고 싶은, 들어야 할 이야기가 많다."

"자리가 좋지 않은 것 같습니다."

풍월이 주변을 둘러보며 말했다. 아무리 조용히 얘기를 한다고 해도 혹시 모를 일이다.

"좋지 않을 건 또 뭐냐? 그냥 해라."

대수롭지 않게 던지는 생사의괴의 말에 어깨를 으쓱인 풍월이 송산과 광혼에 대해 이런저런 얘기를 풀기 시작했다.

생사의괴는 감탄과 탄식, 때로는 질문을 하며 그의 얘기를 경청했다.

송산과 광혼의 죽음에 이르러선 잠시 말을 잃고 먹먹한 표정을 짓기도 했고, 풍월이 나룻배를 타고 화도를 떠났다는 대목에서 혀를 차며 멍청했다고 핀잔을 던지기도 했다.

이야기는 꽤나 오랜 시간 동안 이어졌다.

대부분의 이야기는 송산과 광혼에게 집중되었고 풍월은 자신에 대해선 가급적 언급을 자제했다.

분심공은 물론이고 송산과 광혼의 무공을 모두 익혔다는 것 또한 굳이 말할 필요가 없다고 여겼다.

생사의괴가 지나가는 말로 누구의 무공을 배웠냐는 질문을 하기도 했지만 풍월의 허리춤에 달려 있는 칼을 보고는 스스로 광혼의 무공을 익혔다고 판단해 버렸다.

풍월의 이야기가 모두 끝났을 때 생사의괴의 시선은 자연스럽게 막 식사를 끝내고 차를 마시고 있던 육 부인에게 향했다.

"저 아이냐?"

"예."

"쯧쯧, 늙은이 하나 쓰러졌다고 집안 꼴 잘 돌아간다."

생사의괴가 혀를 차며 술잔을 들었다.

풍월이 얼른 술을 따랐다.

그가 들고온 연엽주는 이미 빈 병이 돼버렸고 남은 것은 죽엽청뿐이었다.

술을 마시던 생사의괴가 인상을 찌푸렸다. 처음 마실 땐 나름 맛이 괜찮긴 했지만 연엽주를 맛보고 나니 역시 비할 바가 아니었다.

"남은 것이 있을 겁니다."

자리에서 벌떡 일어난 풍월이 주변 식탁을 돌며 바닥을 보이지 않은 연엽주 세 병을 들고 왔다.

생사의괴가 반색을 하며 술병을 빼앗듯 낚아챘다.

"표행에 나선 표사들이 함부로 취해서야 안 되지. 기본이 제대로 된 표국이로구나. 화양표국이라고?"

"화영표국입니다."

풍월은 생사의괴가 방금 전 설명을 했던 화영표국과 천양표국에 대해 아예 관심을 두지 않았다는 것을 알고는 쓴웃음을 지었다.

"화영이나 화양이나 그게 그것이지. 한데……."

여전히 관심 없다는 표정으로 술병을 들던 생사의괴는 어느샌가 식탁에 남아 있는 음식이 거의 없다는 것을 확인하곤 인상을 확 구겼다.

"이놈이……."

생사의괴의 매서운 눈총을 받은 청년이 입 주변에 잔뜩 묻은 음식물의 흔적을 지우며 슬며시 고개를 돌렸다.

"하아! 관두자. 내 누굴 탓하겠느냐? 고양이에게 생선을 맡긴 셈이니."

한숨을 내쉰 생사의괴가 양 씨를 불러 다시금 몇 가지 요리를 주문했다.

"한데 이쪽 형님은 어르신의 제자입니까?"

풍월이 청년을 가리키며 물었다.

형님이란 말에 기분이 좋은지 청년이 히죽거리며 웃자 생사의괴의 한숨이 더욱 커졌다.

"제자라… 제자라면 제자지. 그래, 제자가 맞구나."

생사의괴는 청년이 제자가 아니었으면 하는 심정을 노골적으로 드러냈지만 청년은 그런 반응에 이골이 났는지 전혀 개의치 않는 표정이었다.

"왕수인이라고 한다. 여기 계신 사부님의 하나뿐인 제자지."

하나뿐이라는 말을 유난히 강조한 왕수인이 양 씨가 가져온 음식을 다시금 넘보자 젓가락으로 그의 머리통을 후려친 생사의괴가 혀를 차며 말했다.

"보다시피 식탐만 타고난 녀석이다. 재능이라곤 쥐뿔도 없지."

풍월이 웃음을 보이자 생사의괴의 표정이 처연하게 변했다.

"몇 달 전에 화염산(火焰山)에 묘한 약초가 있다는 소문을 듣고 찾아갔다가 죽을 뻔했다. 묘한 약초가 아니라 짝을 찾아볼 수가 없을 정도로 지독한 독초였어."

죽을 뻔했다는 말에 풍월이 깜짝 놀란 표정을 지었다.

무림에서 첫손에 꼽히는 의술을 지닌 생사의괴가 한낱 독초 따위에 죽을 뻔했다는 말이 이해가 되지 않았다.

"그런 눈으로 보지 마라. 노부라고 모든 약초를 아는 것은 아니다. 게다가 이놈의 독초가 어찌나 독한지 한두 번 씹고 뱉어냈음에도 어찌 손쓸 틈도 없이 무력화되고 말 정도였다."

생사의괴는 그 독초를 처음 씹었을 때의 기억을 떠올리며 오만상을 찌푸렸다.

"그때 노부를 살려준 것이 이놈의 아비다. 사냥꾼이지. 단순한 사냥꾼이 아니라 그 독초를 이용해서 사냥을 하던. 그 친구가 몸에 지니고 있던 해독초를 이용해서 겨우 목숨을 구했다만 워낙 늦게 발견돼서 해독초를 복용하고도 이불 깔고 석 달도 넘게 빌빌댔다."

"당가가 들으면 환장할 소식이네요."

풍월이 자신도 모르게 툭 내뱉었다.

"당… 가?"

갑자기 당가가 왜 나오느냐는 표정에 풍월은 애먼 머리만 긁어댔다.

"독하면 당가잖아요. 예전에 당가와 당가에 대항한 독괴에 대한 얘기를 들었는데 워낙 강하게 기억에 남아서요."

"아! 추망우. 그 미친놈?"

생사의괴의 입에서 절로 탄식이 터져 나왔다.

"아시나요?"

"알다마다. 그때 당가와 싸우다가 뒈질 뻔한 걸 살려준 게 노부다. 덕분에 노부도 당가와 사이가 제대로 틀어졌지. 애당초 좋은 관계도 아니었다만."

생사의괴가 떨떠름한 표정을 지었다.

"지금도 자주 보시나 봐요?"

"자주는 무슨. 얼굴 못 본 지 벌써 십 년도 훨씬 넘었지."

풍월은 추망우에 대한 생사의괴의 감정이 딱히 좋아 보이지 않았기에 슬며시 말을 돌렸다.

"아무튼 그 정도 독초라면 당가에서 좋아할 것 같아서요."

"네 말이 맞기는 하다. 독초의 위력을 본다면 당가가 환장할 만하지. 아니, 어쩌면……."

생사의괴가 말끝을 흐리며 술잔을 들었다.

천하 곳곳에 사람을 보내 늘 새로운 독물, 독초를 찾는 당가라며 이미 그 독초의 존재를 알 가능성이 높다고 여긴 것이다.

"노부가 몸을 추스릴 즈음해서 이 녀석 아비가 동료에게 업혀 왔다. 사냥을 하던 중에 뒤에서 덮친 호랑이에게 당했다나. 상처가 워낙 깊어 노부의 의술로도 어쩔 수 없었는데 그때 그 친구의 유언이 바로 이놈을 노부의 제자로 받아달라는 것이었어. 노부가 어떤 사람인지도 제대로 모르면서 그저 침놓는 것을 보곤 부탁을 한 것이야. 침술을 배워놓으면 평생 먹고살 걱정은 없다고 여긴 것이지."

"아! 그래서 제자로 받아들인 거군요."

풍월이 자신의 얘기를 함에도 별다른 관심을 보이지 않는 왕수인을 슬쩍 바라보며 말했다.

"목숨 빚을 진 친구가 유언으로 남긴 말인데 어쩔 수 없지. 해서 제… 자로 받아들였다. 그런데 보다시피다. 아귀가 붙은 것인지 식탐만큼은 천하제일이라 논할 수 있는데 다른 건 영 마땅치가 않아."

"흐흐흐! 그래도 약초는 많이 안다고 하셨잖아요."

왕수인이 웃으며 말했다.

"이놈아! 약초만 많이 알면 뭣하느냐? 노부가 지닌 의술의 핵심은 침술이란 말이다. 침술!"

버럭 소리를 질러 객점 내 모든 이들의 이목을 한눈에 받은 생사의괴는 고개를 절레절레 흔들며 탄식했다.

"하아! 사람이라면 그 정도 연습을 했으면 최소한 같은 자리엔 침을 꽂을 수는 있어야 하는 게다. 어떻게 찌를 때마다 다른 자리란 말이냐."

"손이 떨려서……."

"떨리지 말라고 하는 게 연습이며 훈련인 것을!"

다시금 화를 내려던 생사의괴의 음성이 이내 낮아졌다.

"아니다. 너를 탓해서 뭣하겠느냐? 그것도 다 재능인 것을. 게다가 노부가 시키는 대로 훈련을 하여 제대로 의술을 습득한다고 해도 명의까지는 될 수 있어도 신의란 말은 들을 수도 없을 것인데."

풍월은 뭔가 체념하는 듯한 생사의괴의 모습에 궁금증이

일었다.

생사의괴 정도의 실력이라면 명의를 뛰어넘어 신의라 자타가 공인할 정도다. 그의 실력을 고스란히 이어받는다면 당연히 신의라는 소리를 들을 만할 터. 그럴 수 없다는 것이 이해가 되지 않았다.

"어째서 신의가 될 수 없다는 말씀입니까?"

풍월을 힐끗 바라본 생사의괴가 마지막 남은 연엽주를 단숨에 마시고 입을 열었다.

"선대의 공부를 배우고 익히며 뼈를 깎는 노력을 한다면 누구나 명의는 될 수 있다. 하지만 신의는 단순히 노력만으론 될 수 없는 영역이다. 가령 무공을 예로 든다면……."

뭔가 설명을 덧붙이려 했지만 풍월은 바로 알아들었다.

"깨달음을 말씀하시는 거군요."

"맞다. 바로 그거지. 그런데 무공과는 조금 다르다. 노부는 의술, 특히 침술을 익히는 데 있어선 정신적인 깨달음보다는 재능이 절대적이라 생각한다."

"구체적으로 어떤 재능을 말씀하시는 겁니까? 가령 손재주를 말씀하시는 건지요?"

오랜만에 답답한 제자와는 다른 수준의 대화를 하게 된 것이 기분 좋은지 생사의괴가 크게 기꺼워하며 고개를 끄덕였다.

"그래, 손재주도 재능이라면 재능이겠지. 그만큼 손의 감각이 뛰어나다는 것이니까. 기억력도 좋아야 할 게다. 인체의 무수한 혈을 제대로 알고 또 올바른 순서에 맞게 시침을 하려면 어지간한 머리론 감당할 수가 없다."

"눈도 좋아야겠군요."

"아무렴. 지나가는 개미 똥구녕을 꿰뚫어 볼 수 있는 눈을 지녀야겠지."

생사의괴가 약간은 농이 섞인 대답을 하며 크게 웃었다.

그 이후로도 몇 가지 재능에 대해서 얘기가 오갔고 생사의괴는 그때마다 고개를 끄덕였지만 풍월은 본능적으로 가장 핵심적인 말이 나오지 않았다는 것을 느낄 수 있었다. 앞서 거론한 재능은 누구나 떠올릴 수 있는 것이기 때문이었다.

제13장

특급살수(特級殺手)

"하지만 노부는 신의가 되기 위해 가장 중요한 재능은 따로 있다고 본다."

예상대로였다. 풍월이 즉시 물었다.

"그게 무엇입니까?"

"육감, 아니면 절대의 감각? 음, 쉽게 풀이하자면… 그래, 촉이 좋다는 말이 어울리겠구나."

'촉'이라는 말에 풍월은 자신도 모르게 용패를 돌아보았다.

거의 모든 이들이 식사를 마쳤음에도 그는 마지막 양념까지 훑어 먹고 있었다.

"촉이라 하심은……."

"인체라는 것이 워낙 신비해서 같은 상처, 병증을 가졌다고
해도 치료법이 늘 똑 같지가 않아. 물론 오랫동안 쌓인 경험
을 토대로 보건대 대부분 비슷한 효과를 가져오지만 때로는
생사를 결정하는 한 방이 있기 마련이다. 가령, 이곳에 시침을
해야 치료가 되는 것이 일반적인데 엉뚱하게도 여기에 침을
놓고 싶은 순간이 있다는 말이지."

생사의괴가 한 번은 정수리를 짚고 다른 한 번은 가슴을
쿡 찌르며 말했다.

"시침을 하는 순간, 침은 어떤 것을 선택하고 또 그 깊이는
어찌해야 할지 판단을 해야 하는데 그때 가장 필요한 것이 바
로 경험이다. 하지만 그 경험을 뛰어넘어야 하는 때가 또 오
게 마련이야. 절체절명의 순간에 찾아오는 절대의 감각. 환자
의 생사를 가르는 촉을 지닌 자라야 비로소 신의의 반열에 오
를 수 있는 것이다. 노부의 사부께서 돌아가실 때 말씀하시길
사부께선 그런 촉이 없어 명의로 남으셨지만 노부에겐 그런
촉이 있어 신의가 될 수 있을 거라 하셨다."

생사의괴가 한껏 거드름을 피우며 자신의 얼굴에 금칠을
했다.

하지만 그것이 추해 보이지 않는 것은 그가 그만한 실력을

지녔음을 수십 년 전부터 만천하에 증명을 해 보였기 때문일 것이다.

"그런데 문제는 이 녀석에겐 그런 촉이 없다는 거다. 아예 싹 자체가 보이지 않아. 촉은커녕 재능 면에서도 부족하니……"

꽤나 오랫동안 이어져 온 사문의 의술이 자칫 끊길 수도 있다는 위기감 때문인지 생사의괴의 한숨은 그 어느 때보다 깊고 무거웠다.

풍월의 시선이 다시금 용패에게 향했다.

때마침 풍월을 바라본 용패가 포만감으로 가득한 배를 두드리며 활짝 웃었다. 전직 해적의 웃음치곤 참으로 천진한 웃음이었다.

*   *   *

자정을 훌쩍 넘긴 시간, 소규모 인원이 머물 수 있는 이층의 객실과는 달리 많은 이들이 한데 엉켜 잠을 청하는 일층의 객실엔 코 고는 소리가 가득했다.

한 사내가 몸을 일으켰다.

오랜 여정에 피곤한 것인지 누구 하나 그의 움직임에 반응하는 사람이 없었다.

잠시 주변을 살피던 사내가 객실 문을 열고 밖으로 나갔다.

마구간 옆, 낙산상회의 표물을 지키고 있던 표사 전유와 그의 동료가 흐드러지게 빛나는 별빛을 바라보며 시원스레 오줌을 내갈기는 사내를 보며 낄낄댔다.

"어이구, 오줌발이 아주 대차네. 여러 계집 잡겠어."

"그러게. 태산이라도 무너뜨릴 기셀세그려."

표사들의 농을 들으며 대충 바지춤을 올린 사내가 그들을 향해 걸어갔다.

"밤 짧아. 얼른 들어가서 조금 더 자둬. 아, 들어가면 다음 당번한테 조금 빨리 나오라고 말 좀 해주고. 우리 뒤가 누구더라?"

전유가 고개를 돌려 물었다.

"철영이하고……."

무엇을 본 것인지 대답을 하던 동료의 눈빛이 갑자기 흔들렸다.

"왜……."

전유의 말은 이어지지 못했다.

그의 얼굴을 뜨거운 피가 덮쳤기 때문이다.

전유가 비명도 지르지 못하고 쓰러지는 동료를 보며 멍한 표정을 지을 때 동료의 목을 날린 사내의 손길이 그에게 다가왔다.

피해야 한다고 생각했지만 손가락 하나 까딱할 수가 없었고 비명이라도 지르고 싶어도 어찌 된 일인지 입도 열리지 않았다.

전유의 몸이 그가 지키던 표물 위로 힘없이 쓰러졌다.

눈 깜짝할 사이에 표사 둘의 숨통을 끊은 사내가 잠시 주변을 살폈다.

예상대로 아무런 움직임도 느껴지지 않자 차가운 미소를 지으며 다음 목표를 향해 조용히 움직였다.

"누구냐?"

객점 주변을 돌며 경계를 서고 있던 표사 천굉이 날카로운 음성으로 물었다.

걸음을 멈춰선 사내의 옷에 천양표국을 상징하는 그림이 새겨져 있음을 확인한 천굉이 입술을 비틀었다.

"천양표국의 떨거지가 이곳엔 무슨 볼일이지?"

나직한 음성엔 비웃음과 적의가 가득했다.

사내는 아무런 대꾸 없이 걸음을 내디뎠다.

내디뎠다고 여기는 순간, 그는 이미 천굉의 품을 파고들었다.

사내의 한 손은 천굉의 목을, 다른 한 손은 그의 아랫배를 향했다.

천굉의 눈이 찢어질 듯 부릅떠졌다.

목과 아랫배에서 불로 지지는 듯한 통증이 느껴졌다.

다리에 힘이 쭈욱 빠졌다.

쩍 벌어진 입에선 가래 끓는 소리만 흘러나왔다.

힘없이 무너지는 그의 귓가에 사내의 조롱 섞인 음성이 들려왔다.

"화영표국 놈들, 오늘이 네놈들의 제삿날이다."

사내는 바닥에 뒹군 천쾅을 힐끗 바라보곤 객점으로 발걸음을 돌렸다.

사내가 사라지고 죽은 듯 쓰러져 있던 천쾅의 몸이 꿈틀댔다.

검에 의지해 간신히 몸을 일으킨 천쾅의 아랫배에서 피가 콸콸 쏟아졌다.

"크르으으으."

입에선 비명도, 신음도 아닌 소리가 흘러나왔다.

천쾅이 동료들이 노숙하고 있는 숲을 향해 힘겹게 걸음을 옮겼다.

뇌리엔 자신을 공격한 사내의 목소리만 가득했다.

멀어지는 천쾅을 보며 사내가 히죽 웃었다. 그리곤 천쾅의 피를 흠뻑 뒤집어쓴 몰골로 객점을 향해 달려가며 비명을 내질렀다.

"습격이다!"

사내의 외침이 객점을 흔들기 직전, 천쾅 또한 동료들이 노숙하는 곳에 도착했다.

오랜만에 제대로 맛본 저녁에 나름의 포만감을 느끼며 잠을 청하던 화영표국의 표사들은 피칠갑을 하고 돌아온 천쾅의 모습에 경악했다.

그의 의식이 끊어지기 직전에 남긴, 목이 크게 상해 제대로 발음도 되지 않았고 끝까지 말을 잇지도 못했지만 '천양'이란 단어는 분노의 불길이 되어 화영표국 표사들을 휘감았다.

"이 개새끼들이!"

천쾅과 유난히 친했던 표두 종두인이 검을 들고 자리를 박찼다.

그 시각, 천양표국의 표사들이 머물고 있는 객점 안에도 난리가 났다.

"습격이라니! 누가 공격을 했단 말이냐? 그리고 그 피는……"

표사 두왕진이 사내의 몸에 묻은 피를 보며 기겁해 물었다.

"저, 전유 표사님이 죽었습니다."

"전유가 죽어? 왜? 어떤 놈이 공격을 한 것이냐?"

두왕진이 사내의 어깨를 잡고 격하게 흔들며 물었다.

"화, 화영표국의 표사가……."

"화영… 표국?"

두왕진의 눈에서 한광이 뿜어져 나왔다. 더 이상 물어볼 이유도 없었다.

두왕진이 검을 들고 뛰쳐나가자 이미 검을 들고 두 사람의 얘기를 듣고 있던 표사들도 즉시 몸을 날렸다.

사내가 분기탱천하여 객점을 빠져나가는 표사들 중 누군가와 묘한 시선을 나누곤 자리에 털썩 주저앉자 몇몇 쟁자수들이 그를 향해 걱정스런 눈빛으로 다가왔다.

사내는 앓는 소리와 함께 오만상을 찌푸리며 고통스런 연기를 펼쳤다.

하지만 착 가라앉은 눈빛은 이층으로 통하는 계단만을 살피고 있었다.

장무선을 필두로 하는 화영표국의 표사들이 살기 넘치는 눈빛으로 객점을 향해 달려왔다.

당장에라도 검을 뽑으려 하는 종두인을 애써 달랜 장무선의 분위기도 심상치 않았다.

만약 천양표국이 천광을 공격한 합당한 이유를 대지 않는다면 무력도 불사할 태세였다.

그들이 숲을 빠져나오기도 전, 천양표국의 표사들이 이미 험악한 몰골로 달려오고 있었다.

숲으로 달려오기 앞서 전유의 시신을 확인한 두왕진의 눈빛은 장무선이나 종두인을 능가할 정도로 무시무시했다.

아무리 화가 나고 분노가 하늘 끝까지 이른다고 하더라도 함부로 공격 명령을 내릴 정도로 두왕진은 어리석지 않았다.

그는 연락을 취한 대표두 모일황이 도착할 때까지 상대의 죄를 추궁하고 공격할 명분을 쌓는 것에 집중하는 것이 옳다고 판단했다.

"도대체 무슨 짓을 한 것인가?"

장무선이 잔뜩 성난 목소리로 소리쳤다.

"오히려 내가 묻고 싶은 말이오. 무슨 이유로……."

장무선의 외침에 어이가 없다는 표정을 지으며 거칠게 따져 묻던 두왕진이 두 눈을 부릅떴다.

자신의 등 뒤에서 뛰쳐나간 누군가가 장무선을 공격한 것이다.

미처 말릴 사이도 없는 전광석화와 같은 공격에 그는 물론이고 공격을 당한 장무선도 크게 당황하는 모습이었다.

다급히 검을 치켜올려 공격을 막는 장무선.

치명상을 피할 수는 있었으나 왼쪽 어깨에서 피가 솟구쳤다.

비틀거리는 장무선을 향해 또 한 번의 공격이 이어지려는 찰나, 장무선의 머리 뒤에서 예리한 파공성과 함께 날아온 장창이 공격하던 자의 가슴을 꿰뚫었다.

장창에 꿰어 날아간 사내의 입에선 비명도 없었다.

두왕진의 시뻘건 눈동자가 창을 날린 구원후에게 향했다.

단순히 잘잘못의 문제가 아니다.

전유에 이어 또 한 명의 표사가 목숨을 잃자 간신히 붙잡고 있던 이성의 끈이 뚝 끊어졌다.

"이, 이 개 같은 늙은이가!"

욕설과 함께 두왕진의 몸이 구원후를 향해 쇄도했다. 또 한 명의 동료가 목숨을 잃은 것에 눈이 뒤집힌 천양표국의 표사들도 괴성을 질러대며 그의 뒤를 따랐다.

화영표국의 표사들 또한 느닷없는 공격에 장무선이 부상을 당하자 독이 오를 대로 오른 모습으로 무기를 휘둘렀다.

뒤늦게 달려온 모일황은 어찌 된 상황인지 그 이유를 알아볼 여유도 없이 구원후를 향해 검을 날렸다. 기세 좋게 달려들었던 두왕진이 구원후의 날카로운 반격에 의해 순식간에 위기에 빠졌기 때문이다.

타협하고 대화하여 파국을 막아야 할 양측 수뇌들마저 크게 흥분하여 치열한 싸움을 펼치자 상황은 악화일로를 걸었다.

생사의괴의 강요로 인해 객실이 아니라 일행과 떨어져 술잔을 기울이고 있던 풍월이 싸움에 개입한 것이 바로 그 즈음이었다.

전장에 뛰어든 풍월은 가장 먼저 모일황을 제압했다.

구원후와 일진일퇴의 싸움을 벌이느라 정신이 없던 모일황은 풍월의 기습에 속수무책으로 당하고 말았다.

불쾌해하는 구원후에게 모일황을 넘긴 풍월은 경악한 얼굴로 뒷걸음질 치는 두왕진마저 순식간에 제압한 후 일갈했다.

"모두 멈춰요!"

내력을 한껏 담은 풍월의 외침은 상당한 효과가 있었다.

대부분의 표사가 목소리에 실린 힘을 감당하지 못하고 비틀거렸다.

천양표국의 표사들은 화영표국에 대단한 고수가 있음을 확인하곤 경악을 금치 못했고, 더불어 모일황과 두원진이 사로잡힌 것을 확인하자 두려움에 떨었다.

천양표국 표사들이 전의를 상실하는 것과 동시에 싸움은 순식간에 종결되었다.

"아무리 사이가 좋지 않아도 그렇지 대체 뭣 때문에 이리 난리를 피운 겁니까?"

풍월이 조금은 신경질적으로 장무선에게 물었다.

"글쎄, 나도 모르겠네. 갑작스럽게 공격을 받아서."

장무선이 한숨을 내쉬며 고개를 저었다. 그제야 어깨의 부상을 확인한 풍월이 미안한 표정으로 말했다.

"피가 많이 나는 것 같은데 괜찮습니까?"

"괜찮네. 그보다……."

말끝을 흐린 장무선이 독기 가득한 눈빛을 하고 있는 두왕진에게 다가갔다.

"어째서 다짜고짜 공격을 한 것이지?"

"그쪽에서 먼저 우리 표사들을 죽이지 않았소?"

"확인된 것이 아무것도 없으니 먼저란 말은 쓰지 마라. 현재 우리 표사도 천양표국 표사의 공격을 받고 사경을 헤매고 있으니까."

장무선이 차가운 표정으로 말을 이었다.

"그리고 질문에 대한 답은 아직 듣지 못했다. 어째서 아무런 이유도, 설명도 없이 나를 공격한 건가? 그 공격이 없었다면 이런 무의미한 싸움 또한 없었다."

잠깐의 충돌로 크게 부상을 당한 채 쓰러진 몇몇 표사들을 가리키는 장무선의 표정은 참담하기 그지없었다.

"그, 그건……."

당황한 두왕진은 쉽게 대답하지 못했다.

내심이야 어쨌든 그 역시 처음부터 공격을 할 생각은 없었다.

그저 누군가의 공격으로 동료가 죽자 홍분을 참지 못하고 시작된 싸움이었다.

'어떤 병신이!'

두원진은 짜증 나는 표정으로 장무선을 공격하다 구원후의 역공에 숨이 끊어진 수하의 시신을 찾았다.

뭔가 분위기가 이상했다. 시신 주변에 있던 표사들의 얼굴에 당혹스러움이 가득했다.

"무슨 일이냐?"

화가 잔뜩 난 두원진의 물음에 한 표사가 고개를 돌렸다.

"그, 그게……."

말을 더듬는 표사의 손에 이상한 물건이 들려 있었다.

두원진이 재차 질문을 하기도 전, 그의 뒤편에서 무거운 음성이 들려왔다.

"인피면구(人皮面具)로군."

재빨리 고개를 돌린 두원진이 당황한 얼굴로 고개를 숙였다.

"나, 나오셨습니까?"

"이렇듯 소란스러운데 가만히 있을 수는 없지 않소."

중년인, 당하곤은 눈앞의 상황이 영 마뜩지 않다는 음성이었다.

"죄, 죄송합니다."

"표물은 이상이 없소?"

당하곤이 물었다.

사실상 당가의 사업체라 할 수 있는 낙상상회의 손해는 곧 당가의 손해나 다름없었다.

비록 처음부터 함께한 것이 아니고 따로 일을 보고 귀가하던 길에 우연히 합류한 것이기는 했으나 신경이 쓰이는 것은 당연했다.

"그것이… 죄송합니다. 바로 확인토록 하겠습니다."

두원진이 사죄를 하였으나 혀를 찬 당하곤은 그를 외면하곤 장무선을 공격했던 사내의 시신을 향해 다가갔다.

멍한 표정으로 서 있는 표사의 손에서 인피면구를 빼앗듯 낚아챈 당하곤의 입에서 짧은 신음이 흘러나왔다.

"음, 꽤나 정교하게 만들어졌군. 하지만 오래되지는 않았다. 그 이유를 알겠느냐?"

당하곤이 어느새 따라붙은 남매에게 물었다.

"예, 숙부. 면구 안쪽의 피를 제대로 닦아내지 못해서 약간의 변색이 있습니다."

"눈썰미가 좋은 자가 있다면 의심을 할 수도 있을 만큼 급

하게 방부 처리를 했는지 전체적으로 이질감도 있는 것 같아
요."

남매의 대답이 만족스러운지 가벼운 미소와 함께 고개를
끄덕인 당하곤이 두원진과 장무선 등을 돌아보며 말했다.

"문제는 어째서 이자가 인피면구를 쓰고 있느냐는 것이오.
두 표두, 이자가 천양표국의 표사가 맞소?"

"아닙니다. 모르는 잡니다. 이게 대체……."

두원진이 인피면구가 벗겨진 사내의 얼굴을 확인하곤 황당
한 표정으로 고개를 저었다.

"빌어먹을!"

두원진이 고개를 젓는 것과 동시에 풍월의 입에서 비명과
도 같은 외침이 터져 나왔다. 그의 몸은 이미 객점을 향해 빛
살처럼 나아갔다.

"아!"

그제야 뭔가가 느껴지는 것이 있는지 장무선과 구원후가
대경실색한 표정을 지으며 탄식했다.

"쯧쯧, 일 났군."

느긋한 걸음걸이로 나타난 생사의괴가 풍월을 바라보며 혀
를 차다 당하곤에게 고개를 돌렸다.

"오랜만이다, 애송아."

생사의괴를 알아본 당하곤의 얼굴이 씰룩거렸다.

"오랜만입니다, 노선배."

생사의괴를 바라보는 당하곤의 표정은 결코 호의적이지 않았다.

화영표국의 습격을 알리며 쓰러졌던 사내, 매혼루의 특급살수 암무가 다시 움직인 것은 이층에 머물고 있던 당하곤이 객점을 나선 시점이었다.

걱정스런 눈길로 자신을 바라보며 위로하던 쟁자수들을 소리 없이 잠재운 암무는 객실 안에 있는 자신의 봇짐을 뒤져 기름이 든 주머니를 꺼내더니 주방 한쪽에 보관되어 있는 불씨를 향해 던졌다.

폭발할 듯 타오른 불길은 무서운 기세로 객점을 뒤덮기 시작했다.

일층에서 올라온 연기는 순식간에 이층을 가득 채웠다.

'불이야' 라는 암무의 외침과 더불어 객실 문이 일제히 열렸다.

이층 객실에서 머물고 있던 이들 중 천양표국의 표사들은 이미 객점 밖으로 나갔고 남은 사람은 낙산상회의 상인들과 육 부인, 그리고 그녀를 지키기 위한 호위들뿐이었다.

불이란 말에 잠을 자다 뛰쳐나온 상인들은 객점을 뒤덮은 매캐한 안개에 어쩔 줄을 몰라 했다.

연기에 앞이 잘 보이지 않을 뿐더러 숨도 제대로 쉬기가 힘들었다.

앞다투어 일층으로 내려가던 상인들은 넘실대는 불길에 감히 발걸음을 옮기지 못했다.

아수라장 속에서 사내는 등을 벽에 기댄 채 여전히 미동도 없는 객실을 바라보고 있었다.

겉으론 아무런 움직임도 없지만 이미 객실 내부의 벽이 무너졌다는 것을 눈치채고 있었다.

목표물을 호위하는 자들은 이번 불을 단순한 불이라고 판단하지 않고 다른 변수를 염두에 두는 것 같았다.

암무의 눈빛이 차갑게 가라앉았다.

오래 기다릴 여유가 없었다.

불길을 보고 객점 밖에 있는 이들이 금방 들이칠 것이다.

다른 사람은 몰라도 당하곤은 솔직히 감당키 힘든 고수였다. 애당초 시간이 촉박하지 않았다면 천양표국에 위장 잠입을 하는 일 따위는 결코 없었을 터.

더구나 화영표국에 정체를 알 수 없는 고수마저 존재하는 상황에서 지금과 같은 상황은 두 번 찾아오지 않을 기회였다.

암무의 손짓에 의해 육 부인이 머무는 객실의 문이 슬쩍 열렸다.

예상대로 옆방에 있던 호위들이 어느새 그녀의 방에 집결해 있었다.

황산진가의 무인들은 긴장된 표정으로 문을 노려보고 있었다.

예상한 적은 보이지 않고 우왕좌왕하며 비명을 질러대는 상인들의 모습만 보이자 무인들의 안색이 살짝 밝아졌다. 아마도 문이 열린 이유가 그 상인들 때문이란 생각을 하는 것 같았다.

열린 문으로 엄청난 연기가 짓쳐들며 순식간에 방 안을 가득 채웠다.

"문을 닫으시오."

육 부인의 바로 곁에서 그녀를 지키고 있던 관후상이 나직이 말했다.

"불길이 더 거세지기 전에 나가야 하지 않겠습니까?"

누군가 물었다.

"적의 함정일지 모르니 일단 버텨봅시다. 최악의 경우 아예 밖으로 뛰어내리면 될 것이오."

관후상이 어두운 표정으로 대답했다.

불길이 얼마나 거센지 모른다.

이층을 가득 채운 연기로 보아 상당히 위험하다는 것은 느낄 수 있었다.

그럼에도 방에서 움직일 수 없었다. 어쩌면 혼란스런 틈을 노려 육 부인에 대한 공격이 있을지도 모른다는 두려움 때문이었다.

그럴 바엔 차라리 방 안에서 자신들을 구해줄 사람을 기다리는 것이 옳은 판단이라 생각했다.

이 정도의 불이라면 외부에 머물고 있는 이들도 충분히 파악을 했을 것이고 당연히 자신들을 구하기 위해 달려올 것이다.

다른 사람은 필요 없었다.

오직 한 사람, 풍월만 제때에 도착한다면 충분했다.

"알겠습니다."

대답과 함께 문이 닫혔다.

문이 닫히며 칼처럼 긴장되었던 이들의 마음에 찰나의 방심을 만들었다.

연기와 더불어 방 안으로 스며든 암무는 그 틈을 놓치지 않았다.

문을 닫고 돌아서려던 사내의 목에 가는 실선이 그어졌다.

자신의 목이 잘린 것도 모른 채 걷던 사내는 정확히 두 걸음을 더 내딛고 풀썩 쓰러졌다.

그의 변고를 눈치챘을 때 암무의 검은 이미 네 명의 숨통을 더 끊고 있었다.

"암습이다!"

"살수다!"

사방에서 비명과도 같은 외침이 터져 나오고 암무를 찾기 위해 눈을 부릅떴지만 연기로 가득찬 방에서 그의 신형을 찾기란 거의 불가능했다.

좁은 방에 많은 인원이 모여 있는지라 제대로 움직일 수도 없었다.

핏!

실로 눈치채기 어려운 파공성과 함께 머리카락처럼 가는 비침이 연기를 뚫고 날아갔다.

목표는 방의 가장 구석진 곳에서 등 뒤론 벽을, 앞에는 관후상을 두고 두려움에 떨고 있는 육 부인이었다.

관후상이 육 부인을 노리는 비침을 알아챈 것은 그야말로 천운이었다.

서늘한 감촉에 본능적으로 팔을 뻗은 것이 그녀를 구했다.

"윽!"

관후상의 입에서 나직한 신음이 흘러나왔다.

통증의 시작이라 할 수 있는 왼쪽 팔뚝에 잘 보이지도 않는 침 몇 개가 박혀 있었다.

통증도 통증이지만 비침이 박힌 곳에서부터 팔뚝이 순식간에 변색되고 있었다.

비침에 극독이 묻어 있다는 것을 확인한 관후상은 지체 없이 검을 휘둘러 팔뚝을 잘라냈다.

비침에 맞을 때와는 비교조차 되지 않을 정도로 끔찍한 고통이 밀려들었지만 신음조차 내지를 틈이 없었다. 그 짧은 시간에 호위들을 모조리 쓰러뜨린 암무가 짓쳐들고 있었기 때문이다.

급박한 상황과는 달리 너무나도 평온한 암무의 표정에서 절로 소름이 끼쳤다.

관후상은 잘린 팔뚝에서 솟구치는 피를 암무에게 뿌리며 동시에 검을 찔러 넣었다.

암무는 살짝 몸을 낮춰 관후상의 피는 물론이고 찔러오는 검까지 피한 뒤 가볍게 검을 그었다.

관후상이 필사적으로 고개를 틀었다.

검의 궤적을 따라 피가 흩날렸다.

암무가 휘두른 검은 관후상의 목에 깊은 자상을 남겼지만 다행히 목숨까지 위협할 정도는 아니었다.

관후상이 자신의 공격을 피한 것이 마음에 들지 않았는지 암무의 무심한 표정이 살짝 변했다가 돌아왔다.

어차피 더 이상 피할 곳은 없었고 남은 것은 마무리뿐이었다.

암무가 느릿하게 검을 뻗었다.

앞을 가로막는 관후상과 육 부인의 죽음이 환상처럼 그려졌다.

바로 그때, 벽을 뚫고 그와 목표물 사이로 날아드는 것이 있었다.

그대로 움직임을 이어간다면 목표물을 제거하기도 전에 목이 날아갈 것 같았다.

'놈이다.'

암무는 전에 있던 작전을 무력화시켰다는 의문의 고수가 등장했음을 직감했다.

움직임을 멈춘 암무가 왼손을 휘두르자 수십 개의 비침이 목표물을 향해 날아갔다.

관후상은 사내가 팔을 휘두르자마자 몸을 돌려 육 부인을 안았다.

눈으로 본다고 해도 막을 수 있을 것 같지가 않았고, 단 하나라도 육 부인이 맞는다면 치명상을 면하기 힘든 상황인지라 아예 온몸으로 비침을 막는 선택을 했다.

관후상의 커다란 몸은 비침으로부터 육 부인을 완벽하게 보호했다.

하지만 비침이 박히면서 불러온 고통이 시작되기도 전에 등 뒤로부터 엄청난 고통이 들이닥쳤다.

"컥!"

부릅뜬 눈, 쩍 벌어진 입.

고개가 크게 꺾인 관후상의 입에서 외마디 비명이 터져 나왔다.

관후상의 비명과 더불어 육 부인의 입에서도 고통의 신음이 흘러나왔다.

관후상의 등을 관통한 검이 육 부인의 가슴마저 꿰뚫어 버렸다.

다행히 오른쪽 가슴인지라 절명을 면한 것 같았으나 이미 그 정도의 부상만으로도 치명상이라 할 수 있었다.

밖을 향해 몸을 던지는 암무의 눈길이 육 부인에게 잠시 머물렀다.

치명상을 입힌 것은 틀림없지만 확실한 죽음이 아니라는 것이 영 마음에 걸렸다. 그렇다고 제대로 마무리를 하자니 엄두가 나질 않았다.

방금 전 날아든 칼의 위력으로 정체 모를 고수의 실력은 미루어 짐작할 수 있었다.

절정고수.

어쩌면 그 이상일 수도 있으니 조심하라는 루의 전언은 조금도 틀리지 않았다.

완벽하게 노출된 상황에서 그 정도의 고수와 정면으로 맞

부딪친다면 승산이 없었다.

살수라면 자신의 목숨보다 임무 완수가 우선시되어야 하지만 매혼루의 특급살수에겐 그것만큼이나 중요한 미덕이 바로 생존이다. 살아남으면 임무를 완수할 기회는 언제든지 있었다.

암무는 확실하게 미련을 접었다.

살아날 가능성도 희박했지만 설사 살아난다고 해도 다음 기회를 노려 확실하게 제거하면 그만이었다.

하지만 암무는 몇 가지 치명적인 오판을 하고 말았다.

첫 번째 오판은 정체 모를 고수의 실력이 그가 매혼루에서 판단한 것보다 훨씬 뛰어나다는 것.

그것은 객실 벽을 뚫고 나간 그를 뒤쫓는 칼이 증명했다.

바람처럼 내달리는 암무를 마치 살아 있는 생명처럼 움직이며 요격하는 칼의 움직임은 절정고수의 실력으로는 어림도 없는 것이었다.

두 번째 오판은 침 하나로 생사를 관장한다는 생사의괴의 존재였다.

그가 신이 아닌 이상 모든 사람을 살릴 수는 없는 것이겠으나 어쨌거나 그의 존재만으로도 육 부인의 생존 가능성이 크게 증가한다는 것은 절대적인 사실이다.

세 번째 오판은 그가 그토록 경계했던 당하곤이 어느새 자신의 탈출로를 차단하고 있었다는 것.

당하곤이 던진 암기는 풍월의 칼에 온통 신경을 빼앗긴 암무가 피하기엔 너무도 치명적인 위력을 지니고 있었다.

제14장

기로(岐路)에 서다

당하곤의 암기에 맞고 쓰러지는 암무의 탁한 신음을 들으며 객실에 도착한 풍월은 관후상의 등을 뚫고 육 부인의 가슴마저 관통해 버린 검을 보곤 참담함을 금치 못했다.

막 생명의 빛이 꺼져가던 관후상은 풍월의 등장을 확인하곤 간절한 눈빛으로 그를 바라본 뒤 힘없이 고개를 떨궜다.

그 눈빛의 의미를 어찌 모를까.

풍월은 커다란 돌덩이가 자신의 가슴을 짓누르는 듯한 느낌을 받았다.

눈앞의 참상이 모두 자신의 실수 때문이란 생각에 고개를 들 수가 없었다.

'객점을 떠나지 말았어야 했다.'

아무리 생사의괴의 강요가 있었다고 해도 생명의 위험을 받고 있는 육 부인을 방치해서는 안 되는 것이었다.

후회는 아무리 빨라도 늦는 법이다. 이미 벌어진 일이라면 후회 따위를 하기보다는 최대한 빨리 수습을 해서 더 이상의 참극을 막아야 했다.

번쩍 고개를 든 풍월이 육 부인과 관후상의 몸을 관통한 검을 부러뜨렸다.

광혼 덕에 약간이나마 의학적 지식을 가지고 있는 풍월은 지금과 같은 상황에서 검을 뽑는다는 것은 미친 짓임을 너무도 잘 알고 있었다.

풍월은 의식이 없는 육 부인을 신중히 안아 들곤 암무의 공격에 간신히 목숨을 연명하고 있던 이들에게 말했다.

"조금만 더 버티세요."

"우, 우리는 상관하지 말고 어서 부인을……."

"부탁… 하네."

육 부인을 부탁하는 그들의 음성은 실로 간절했다.

자신들의 목숨 따위는 어찌 되어도 상관없다는 태도에 풍월은 울컥하는 마음을 애써 참고 그대로 객점 밖으로 뛰어내렸다.

이층이라 해도 제법 높이가 있으나 그에겐 전혀 문제가 되지 않았다.

이미 객점 밖에선 조금 전까지만 해도 치열하게 다투었던 화영표국과 천양표국의 표사들이 불을 끄고 안에 갇혔던 이들을 구하느라 정신이 없었다.

육 부인을 안은 채 깃털처럼 지면에 내려선 풍월은 생사의괴를 향해 지체 없이 움직였다.

*　　　　*　　　　*

객점의 절반이 타들어가는 급박한 상황에서도 어떻게 구했는지 죽엽청 한 병을 홀짝이며 불구경을 하던 생사의괴는 자신을 향해 곧장 달려오는 풍월을 보며 인상을 찌푸렸다.

풍월의 품에 안긴 육 부인을 보곤 골치 아픈 일에 엮이리라는 것을 직감했다.

"당한 게냐?"

생사의괴가 대수롭지 않다는 말투로 물었다.

"살수에게 당했습니다. 아직 숨이 붙어 있기는 하지만……."

괜스레 울컥한 심정을 애써 참으며 말했다.

"오래 버티긴 힘들겠군."

말과는 다르게 이미 냉정하게 그녀의 전신을 살핀 생사의괴는 그녀의 생명이 얼마 남지 않았다고 단언했다.

"살리세요."

풍월의 말투가 살짝 변했다.

빈정이 잔뜩 상한 것이 그대로 드러난 목소리에 생사의괴의 눈동자가 절로 커졌다.

"지금 노부에게 명을 하는 것이냐?"

"명은 무슨 얼어죽을 명이요. 잘못을 했으니 책임을 지라는 거지요."

"책임? 노부가 왜 책임을 져야 하는 게냐?"

생사의괴가 기가 막히다는 듯 되물었다.

"영감님이 싫다는 저를 억지로 끌고 나가잖았습니까? 육 부인을 지켜야 한다고 몇 번을 말씀드렸음에도요."

"그거야 네놈의 의지가 빈약한 것이지. 그게 그리 중요한 일이 있으면 끝까지 버티면 될 터. 가잔다고 가는 놈이 잘못 아니더냐?"

생사의괴가 자신의 결백을 증명이라도 하듯 팔짱을 낀 채 한 걸음 물러나며 말했다. 그래도 음성에 떨떠름한 기운이 묻어나는 것을 보면 지금 상황에 조금은 책임을 느끼는 듯 보였다.

"알겠습니다. 다 제 잘못입니다. 그러니 살려주세요. 영감님이라면 살릴 수 있지 않습니까?"

"힘들긴 하겠지만 가능성은 있겠지. 하지만 치료는 할 수 없다."

"아니, 왜요?"

풍월이 버럭 소리를 질렀다. 표정만 보면 당장 멱살이라도 잡을 기세였다.

"할 수 없다면 없는 줄 알아."

생사의괴는 더 이상 말을 섞기 싫다는 듯 몸을 돌렸다.

"얼마 버티지 못한다면서요? 한시가 급한 상황에 지금 뭐하는 겁니까?"

풍월이 답답함을 참지 못하고 목소리를 높였지만 생사의괴는 미동도 하지 않았다.

"흥! 또다시 삼불(三不)이 발동한 겁니까, 노선배?"

풍월이 고개를 홱 돌렸다. 당하곤이 비웃음 가득한 얼굴로 서 있었다.

"네놈이 끼어들 자리가 아니다."

생사의괴의 눈에 살기가 감돌았지만 당하곤은 전혀 개의치 않고 말을 이었다.

"생사의괴의 삼불은 무림에서도 아주 유명하지."

"삼불이 뭡니까?"

풍월이 나급히 물었다.

"사람들에게 손가락질 받는 악인은 치료하지 않으니 일불이요, 술을 마시면 침을 잡지 않으니 이불, 달거리가 시작된 여인은 절대 치료하지 않으니 삼불. 일컬어 삼불의 원칙이라지, 아마."

"이런 젠장! 세상에 무슨 그런 거지 같은 원칙이 있답니까?"

풍월이 자신도 모르게 소리쳤다.

악인을 치료하지 않고 술을 마시면 침을 놓지 않는다는 말은 충분히 이해가 갔다. 그러나 여인이라고 치료를 하지 않는다는 건 어떤 이유에서라도 이해가 되지 않았다.

그 옛날 광혼으로부터 생사의괴가 어째서 여인을 치료하지 않게 되었는지 그 사연을 어렴풋이 들었던 기억이 나지만 아마 그때도 코웃음을 쳤던 것 같았다.

"흥! 네놈에겐 거지 같은 것일지 몰라도 노부에겐 평생을 지켜온 자존심 같은 것이다. 함부로 지껄이지 마라."

생사의괴가 고집스런 얼굴로 말했다.

그 얼굴을 보고 있자니 가히 화타와 비견된 의술을 지닌 생사의괴의 별호에 '괴' 자가 들어간 이유를 비로소 깨달을 수 있었다.

"원칙이란 건 깨지라고 있는 겁니다. 그리고 지금이 바로 그 순간이고요."

"물론이다. 하나 깨질 때는 그만한 이유가 있지. 그래도 지금은 아니야."

"배 속에 아이가 있습니다."

풍월이 악에 받쳐 소리쳤다.

"세상 구경 한 번 해보지 못하고 가는 것이 불쌍하긴 하지만 어차피 모진 세상 아니더냐? 남들 다 겪어야 할 일을 겪지 않는 것도 나쁘지 않을 게다. 언젠가는 죽게 마련이고."

"이!"

생사의괴를 바라보는 풍월의 손에 절로 힘이 들어갔다.

괴팍해도 이렇게 괴팍할 수는 없는 것이다.

어쩌면 그렇게 인간 같지도 않은 말을 태연스레 내뱉는지 노인네만 아니었다면 주먹을 날려도 수십 번 날렸을 것 같았다.

"그뿐이더냐? 네놈도 알다시피 노부는 이미 침을 잡기 힘들 정도로 술을 마셨다."

"되도 않는 소린 하지도 마시고요! 술기운을 몰아내는 건 일도 아니잖습니까?"

"암튼 지금이라도 다른 의원을 구하는 게 더 빠를 게다. 저런 애송이들에게 치료를 맡기느니."

생사의괴가 어느새 육 부인의 상세를 살피고 있는 당하곤과 남매를 가리키며 비웃음을 흘렸다.

독을 다 루니만큼 당가의 의술 또한 어디 가서 부끄럽지 않을 정도는 되었으나 그가 보기에 현재 육 부인의 상세는 당가의 의술로 감당할 수 있는 범주가 아니었다.

"됐어요. 그렇게 잘 아시는 분이 그럽니까?"

신경질적인 반응을 보인 풍월이 당하곤의 곁으로 다가가 간절한 표정으로 물었다.

"어떻습니까?"

"일단 할 수 있는 조치는 해보았네. 하지만 저 노인네의 의술이 아니라면……"

당하곤이 한숨과 함께 말끝을 흐렸다. 생사의괴 앞에서 자신의 무능력함을 보이는 것 같아 괜스레 짜증이 솟구쳤다.

"부인을 살리고 싶으면 노인네를 설득해야 하네. 그 방법뿐이야."

"하지만 방법이……."

마음 같아서야 협박이라도 해서 치료를 하도록 만들고 싶었지만 다른 사람도 아니고 전대의 기인이자 무림인들이 경외해 마지않는 무림사괴다.

협박이 통할 리가 없었고 설사 협박이 통한다고 하더라도 제대로 치료를 하지 않으면 그뿐이었다.

'정말 미치겠… 아! 그래!'

답답함에 입술을 질겅이던 풍월의 두 눈이 갑자기 커졌다.

저 말도 안 되는, 빌어먹을 원칙을 깨뜨릴 방법이 떠올랐다.

풍월은 자신의 부탁을 거절한 것이 내심 마음에 걸렸는지 과히 좋지 않은 표정으로 앉아 있는 생사의괴를 향해 성큼성큼 걸어갔다.

"설득할 생각은 하지 마라. 이미 안 된다고 말했다."

생사의괴는 또다시 언쟁을 하고 싶은 생각이 없는지 일찌감치 선을 그었다.

"깨뜨릴 이유가 있다면 어쩌실래요? 그 지랄… 원칙인지 뭔가 하는 거."

"노부가 스스로 원칙을 깨뜨린 것은 평생 동안 다섯 번에 불과했다. 헛된 기대하지 말고 물러가."

"그러니까 이번에 또 깨뜨리자고요."

"무슨 헛소리를 하려는 게냐?"

생사의괴가 진심으로 짜증 난다는 표정을 지으며 물었다.

"제자 필요하지 않으세요?"

"제… 자?"

"촉이 좋은 제자가 필요하다면서요. 제가 그런 사람을 안다니까요. 촉이 좋은, 아니, 인생 자체가 촉인 사람이 있는데요. 어때요?"

그렇게 풍월은 떡밥을 던졌다.

"그, 그… 런 놈이 있느냐?"

눈에 치지 않는 제자로 마음고생하던 생사의괴는 풍월이 던진 떡밥을 덥석 물었다.

일층 주방에서 시작된 화재는 화영, 천양 두 표국의 노력 덕분에 객점의 절반을 태우고 완벽하게 진압되었다.

객점 후원의 별관에서 잠을 잔 덕분에 간신히 화를 면한 양 씨는 퀭한 눈으로 혹시라도 쓸 만한 물건이 남아 있는지 잿더미를 뒤지고 있었다.

몇몇 표사들이 그런 양 씨를 돕고 있었으나 짧았지만 치열한 교전에 이어 객점의 화재까지 진압해야 했던 대부분의 표사들은 지친 표정으로 아무렇게나 널브러져 있었다.

물론 양측의 분위기는 확연히 달랐다.

큰 화재에도 불구하고 물적, 인적으로 큰 피해가 없는 천양 표국의 표사들과는 달리 암무의 공격에 육 부인이 중상을 입고 관후상을 필두로 그녀를 지키던 호위 대부분이 죽음을 당한 것에 대해 무거운 책임감을 느끼고 있는 화영표국 표사들은 더없이 침울한 표정으로 후원 별관을 바라보고 있었다.

"아! 돌겠네."

별관 입구에서 초조하게 소식을 기다리며 연신 손톱을 물어뜯던 풍월의 입에서 짜증 섞인 탄식이 터져 나왔다.

자신이 던진 미끼를 덥석 문 생사의괴가 육 부인을 치료하기 시작한 지 벌써 한 시진이 흘렀음에도 아직 별다른 말이 없었다.

치료가 잘되고 있으면 잘되고 있다, 그렇지 않으면 그렇지 않다라고 간단히 말이라도 전해주면 좋으련만 간간이 호통치는 소리만 들릴 뿐이니 답답해 죽을 지경이었다.

그때, 잔뜩 날이 선 음성이 들려왔다.

"정신 사나우니까 그만 좀 앉아. 대체 언제까지 그렇게 왔다 갔다 할 건가?"

입구 맞은편, 한쪽 다리가 살짝 휘어진 평상에 앉아 있는 당율이었다. 뭐가 불만인지 눈매가 꽤나 무섭게 치켜 올라가 있었다.

"뭐요?"

"정신 사나우니까 가만히 좀 있으라고."

"난 그저 걱정이 돼서……."

"혼자만 걱정하는 거 아니잖아. 다른 분들은 조용히 계시는데 왜 당신만 그러냐고."

당율이 무거운 얼굴로 침묵을 지키고 있는 장무선, 구원후 등을 힐끗 바라보며 말했다.

"똥 마려운 강아지처럼 이리저리."

나지막이 읊조렸지만 그 말을 듣지 못한 사람은 아무도 없었다.

"큭!"

분위기와는 전혀 어울리지 않는 웃음이 터져 나왔다.

자신의 실수에 놀란 용패가 뒤늦게 손으로 입을 가렸지만 이미 튀어나온 웃음을 다시 주워 담을 수는 없는 노릇이다.

"죄, 죄송합니다, 공자님."

황급히 고개를 숙이는 용패의 입술이 여전히 씰룩이는 것을 보면 필사적으로 웃음을 참고 있는 것이 분명했다.

풍월의 눈에서 불이 번쩍였다.

"웃겨요?"

"아, 아닙니다."

"뭐, 웃음이 나오는 걸 어쩌겠어. 마음껏 웃어줘요. 그 웃음이 언제까지 갈지 모르겠지만."

가장 단순하면서도 효과적인 협박으로 용패를 잠재운 풍월이 아직도 분이 풀리지 않는지 고개를 홱 돌렸다.

"나보다 나이가 많은 건 알고 있지만 말 함부로 하지 맙시다."

풍월이 최대한 점잖게 말했다.

같잖은 도발에 짜증이 솟구쳤지만 당가에게 큰 도움을 받은 터라 애써 참았다.

그가 왜 그렇게 신경질적으로 반응을 하는지 솔직히 이해도 됐다.

생사의괴가 육 부인을 치료하기 위해 별관으로 들어가기 직전, 당하곤은 그녀의 입에 조그만 구슬 하나를 물리려 했다.

풍월과 장무선 등은 과거 풍월이 육 부인에게 도움을 받았듯 그저 치료에 도움이 되는 환약이거니 하고 생각을 했다.

한데 당율이 소스라치게 놀라며 당하곤의 행동을 막으려 했고 그 과정에서 환약이라 여겼던 것이 당가는 물론이고 무림에서도 보물 중의 보물이라 여겨지는 피독주라는 것이 밝혀졌다.

당하곤은 유난을 떠는 당율을 엄히 혼내고 육 부인의 몸에 독이 침투해 있기에 사용하는 것이 좋을 것이라며 대수롭지 않게 말한 뒤 육 부인의 입에 피독주를 물렸다.

당하곤의 행동에 생사의괴마저 놀란 눈으로 바라볼 정도였으니 다른 이들이 얼마나 경악을 했을지는 굳이 설명이 필요 없을 정도였다.

'피독주다. 다른 것도 아니고 피독주.'

풍월은 머릿속에 피독주를 떠올리며 당율의 무례를 참고 또 참았다.

빈정이 상한다고 어찌하고 싶은 마음도 없었다.

어릴 적부터 사천당가는 어지간하면 상종하지 말아야 할 곳으로 풍월의 뇌리에 깊이 각인되어 있었기 때문이다.

"풍 소협의 말이 맞다."

잠시 자리를 비웠던 당하곤의 등장에 묘하게 고조되는 분위기에 긴장을 하고 있던 장무선 등이 안도의 한숨을 내쉬었다.

"환자를 두고 걱정하는 것이야 당연한 것이거늘 어째서 함부로 말을 하는 것이냐?"

"걱정하는 것인지 유난을 떠는 것인지 구별이 되지 않을 정도라 그랬습니다."

당율의 변명에 당하곤의 눈빛이 차가워졌다. 그 눈빛에 찔끔한 당율이 슬며시 고개를 돌렸다.

"당장 풍 소협에게 사과해라."

"……."

"어서!"

당하곤이 채근을 했지만 당율은 입술을 꽉 깨물고 고개만 숙였다.

분위기가 이상하게 흘러가자 난처해진 풍월이 애써 웃음을 흘리며 앞으로 나섰다.

"아, 아닙니다. 당 형께서 그러실 만했습니다. 제가 좀 유난스럽기도 했지요. 아무래도 큰 은혜를 입은 육 부인께서 부상이 심하시다 보니 걱정하는 마음이 너무 앞선 것 같습니다. 하니 그만 노여움을 거두시지요."

고개를 숙이는 풍월을 보며 당하곤은 미간을 찌푸렸다. 더이상 화를 내면 풍월의 입장도 곤란하리란 생각에 애써 화를 다스렸다. 당율을 혼내는 것이야 지금 당장이 아니라도 언제든지 가능한 것이었으니까.

"못난 꼴을 보였군. 알겠네. 그만하도록 하지. 너도 앞으로는 말을 조심하여라."

마지막 당부 겸 훈계에도 침묵을 지키는 당율을 보며 당하곤의 얼굴에 짙은 그늘이 졌다.

당율은 당가의 직계 후손 중에서도 손꼽히는 인재이다.

무에 대한 재능도 뛰어났고 독은 물론이고 암기술에 있어서도 또래 중엔 발군이었다.

다만 성격적으로 모난 구석이 좀 있었다.

유난히 자존심이 센 데다가 자신의 판단이 옳거나 정확하다고 판단을 하면 어지간해선 꺾지 않는 고집도 대단했다. 그 고집이 아집으로 변할 정도로 심하다는 것도 문제였지만, 사실 모난 성격과 고집은 당가의 상징과도 같으니 딱히 질책할 마음은 없었다. 다만 사고의 폭이 좁다는 것은 반드시 짚고 넘어갈 문제였다.

지금 상황만 봐도 그랬다.

피독주는 당가에서도 단 두 개뿐인 보물이다.

아무리 인명을 구하는 데 도움을 준다고 해도 그런 보물을 외부에 노출시키는 것이 좋지 않다는 것은 당하곤 역시 알고 있었다.

그럼에도 육 부인의 치료에 기꺼이 제공한 것은 몇 가지 노림수 때문이었다.

첫째는 육 부인의 신분이다.

그녀는 근래 들어 크게 세력을 키우고 있는 해남파의 여식이다. 또한 황산진가의 며느리이며 무사히 자라기만 한다면 황산진가의 주인이 될 아이를 잉태까지 한 상황이다.

육 부인의 목숨을 구하는 데 도움을 준다는 것은 해남파와 황산진가에 더없이 큰 빚을 지우는 셈. 눈에 보이지 않는 이득은 가히 따질 수가 없을 정도였다.

둘째는 생사의괴와의 관계다.

딱히 칼부림을 할 정도로 나쁜 것은 아니라고 해도 당가와 생사의괴의 관계는 전 무림이 알고 있을 정도로 좋지 못하다.

단순히 돕고자 나섰다면 당장 자신의 실력을 믿지 못한다며 욕지기를 들었을 터이나 피독주가 주는 무게감은 생사의괴로 하여금 아무런 말도 하지 못하게 만들었다. 오히려 약간의 부채감을 느끼게 만들었으니 이 또한 틀림없는 이득이라 할 수 있었다.

셋째는 풍월이란 애송이다.

그가 무림에 경험이 많지 않은 애송이라는 것은 금방 파악할 수 있었다.

하지만 당금 무림에서 명성을 떨치고 있는 고수들 역시 옛날에는 한낱 애송이가 아니었던가.

솔직히 풍월이 얼마만큼 성장할지는 자신할 수 없었으나

육 부인을 암습한 살수를 물리치는 것을 직접 확인한 바, 결코 예사롭지 않은 실력을 지닌 것은 틀림없었다.

생사의괴와의 관계 또한 주의 깊게 살펴볼 가치가 있었다.

풍월에게 큰 빚을 지우는 것은 당장의 이득은 없을지라도 미래에 대한 투자로썬 충분히 가치가 있는 것이다.

그런 노림수를 가지고 피독주를 빌려주는 큰 결단을 내렸건만 당율은 어째서 자신이 그런 결정을 내린 것인지 전혀 감을 잡지 못했다.

펄쩍 뛰는 당율에게 구구절절한 설명 없이 몇 가지 이득이 있다라는 정도로만 언질을 하였으나 그것만으로도 자신의 의도를 제대로 파악한 당청과는 확실히 비교가 됐다.

'네가 남자로 태어났다면 좋았을 것을.'

당하곤은 한심하다는 눈빛으로 당율을 쳐다보는 당청의 모습에 절로 한숨이 나왔다.

자질만 놓고 본다면 당가의 후기지수 중 능히 세 손가락 안에 들 정도로 뛰어남에도 여인의 몸으로 태어났다는 그 한 가지 이유만으로 한계가 명백했기 때문이다.

당하곤이 당청을 보며 탄식하고 있을 때 굳게 닫혔던 별관의 문이 벌컥 열렸다.

모든 이들의 시선이 동시에 움직였다.

생사의괴가 조금은 피곤한 얼굴로 걸어왔다.

다들 숨소리조차 숨기고 그의 입이 떨어지기를 기다렸다.

"왜들 이리 소란스러워! 제대로 집중을 할 수가 없었잖아."

딱히 누구에게라고 할 것 없이 신경질을 부린 생사의괴가 풍월을 향해 고개를 돌렸다.

짜증 나는 말투와는 달리 그의 눈은 분명 웃고 있었다.

풍월은 자신도 모르게 주먹을 불끈 쥐었다.

*   *   *

짝짝짝짝!

박수 소리가 회의실 가득 울려 퍼졌다.

박수 소리가 커질수록 회의실에 모인 이들의 표정은 점점 어두워져만 갔다.

"그러니까……."

마지막 박수와 함께 손을 맞잡은 형응이 좌중을 둘러보며 입을 열었다.

"임무는 실패했고 암무는 뒈졌다는 말이네. 태상 영감, 내가 제대로 이해한 것 맞지?"

"그렇습니다."

염쾌가 침울한 표정으로 대답했다.

"역시 갓 특급살수가 된 놈에겐 어려운 임무였을까?"

"그렇진 않습니다. 만약 그 자리에 생사의괴만 없었다면 목표물은 틀림없이 제거되었을 것입니다."

염쾌는 생사의괴라는 최악의 변수를 부각시키려고 애썼다.

"하긴, 아직도 무림십대고수에 이름을 올리고 있는 그 늙은 이의 등장을 누가 상상이나 했을까. 의술이 대단하다지?"

형웅의 물음에 변명거리가 생긴 염쾌가 조금은 밝은 표정으로 고개를 끄덕였다.

"그렇습니다. 침 하나로 생사를 좌우한다고 하여 생사의괴입니다. 의술이 하늘에 닿았다는 말도 있습니다."

"하늘에 닿아 좋겠네. 지랄! 누굴 칭찬하는 거야, 지금."

싸늘한 한마디에 염쾌는 물론이고 회의실에 모인 모두가 얼어붙었다.

"영감들 참. 그렇다고 쫄 건 뭐야."

피식 웃은 형웅이 누구보다 무거운 책임을 지고 부복하고 있는 강와를 불렀다.

"추혼전주."

"예, 루주님."

"생사의괴가 개입한 건 천재지변이야. 그러니 너무 마음 쓰지 말라고."

"하지만 암무가 아니라 다른 특급살수였다면 생사의괴가 손을 쓰기 전에 확실히 제거를 했을 것입니다."

"시간상 동원할 수 있는 특급살수가 암무뿐이라고 했잖아. 아냐?"

"그, 그건……."

"시끄럽고. 이미 실패한 일을 가지고 언제까지 왈가왈부할 거야? 왜? 목이라도 날려줘?"

형응의 눈에서 흘러나온 섬뜩한 살기가 회의실을 휘감았다.

강와가 차마 대답을 하지 못하고 고개를 숙이자 형응이 언제 살기를 뿜어냈냐는 듯 밝은 표정으로 좌중을 둘러봤다.

"자, 이제 영감들도 할 일을 하자고. 두 번이나 실패했어. 이제 어떻게 해야 하지?"

형응은 한참을 기다려도 다들 쉽게 대답을 하지 못하자 강와를 지목했다.

"추혼전주는 어떻게 생각해?"

이미 생각해 둔 바가 있는지 강와가 즉시 대답했다.

"포기해야 한다고 생각합니다."

형응의 눈썹이 꿈틀댔다.

"포… 기?"

"그렇습니다."

"미친 게냐? 어디서 포기라는 말을 함부로……."

불같이 화를 내던 염쾌는 형응의 싸늘한 눈빛에 황급히 입을 다물었다.

"이유는? 저 무식한 귀살곡 놈들처럼 끝까지 들이댈 필요는 없지만 그렇다고 쉽게 포기할 수도 없잖아. 매혼루라는 이름이 있는데."

장난처럼 말을 던지고는 있어도 그 속에 은은히 녹아 있는 살기를 눈치채지 못하는 사람은 아무도 없었다. 그럼에도 강와의 태도는 단호했다.

"첫째는 목표물 주변에 있는 존재들 때문입니다."

"생사의괴를 말하는 거겠지?"

"결정적으로 암무를 무력화시킨 당가의 외당 당주 당하곤의 존재 또한 무시할 수는 없습니다. 그 또한 예상치 못한 변수. 어찌 보면 그가 더 거북한 존재라고 할 수 있습니다."

강와의 말에 다들 고개를 끄덕였다.

독과 암기를 주로 다루는 당가는 확실히 살수들과 상성이 좋지 않았다. 특히 당하곤은 당가에서도 강하기로 손꼽히는 고수였다.

"또 다른 이유는?"

"황산진가가 움직일 것이기 때문입니다."

"지금껏 움직이지 않은 놈들이? 그리고 우리에게 의뢰한 인간들이 어떻게든지 막으려고 할 텐데. 지난번에도 단순한 산적들의 도발로 몰아갔다고 했잖아."

"하지만 이렇듯 가까운 거리에서 노골적으로 생명의 위협을 받고 있음이 드러난 이상 무조건 움직인다고 봐야 합니다. 목표물의 남편이야 두말할 것도 없을 것이고, 지금껏 중립을 지켜왔던 세력들 또한 마찬가지입니다."

"생사의괴와 당가, 그리고 황산진가라……."

추측이 아니라 확신이 담긴 강와의 말에 형응은 미간을 모으고 고민에 빠졌다.

고민의 시간은 길지 않았다.

어쩌면 암무가 목표물 제거에 실패하는 순간부터 결정은 이미 내려졌다고 해도 과언은 아니었다.

"어쩔 수 없네. 포기해."

형응의 결정에 염쾌를 비롯한 대다수의 수뇌들이 벌 떼처럼 들고 일어났다

"루주님!"

"안 됩니다!"

"재고해야 합니다. 자칫 본 루의 전통과 명예가 땅에 처박힐 수 있습니다."

평소와는 달리 반발의 강도가 거셌음에도 형응은 별다른 반응을 보이지 않았다. 그저 귀를 후비적거리며 한참을 듣다가 손가락에 묻은 귓밥을 후 불며 입을 열었다.

"다 떠든 거지?"

잠시 차분함을 되찾은 회의실이 다시금 소란스러워지려 하자 형웅이 탁자를 거칠게 내려쳤다.

"전통? 명예? 지랄! 남들이 웃어. 우리 같은 인간 백정들에게 그딴 게 어딨냐고? 그냥 우리끼리 자위하는 거지."

"루, 루주님."

염쾌가 당황한 얼굴로 형웅을 불렀다.

"시끄럽고. 까놓고 말해서 생사의괴를 누가 상대할 건데? 영감이 할 거야?"

형웅의 물음에 염쾌의 말문이 그대로 막혔다.

"일전에 그런 보고가 있었잖아. 십대고수를 상대하려면 최소한 특급살수 셋은 동원되어야 하고, 그럼에도 승리를 장담할 수 없다고 말이야. 안 되는 건 안 되는 거야. 되지도 않는 일에 쓸데없이 자존심 세울 필요는 없잖아. 영감들, 아니, 전대의 특급살수님들이 일선에 복귀할 의사가 있으면 내 다시 한번 고려해 본다. 어때? 갈 날도 얼마 남지 않았는데 마지막을 멋들어지게 장식해 보는 것이."

형웅의 은근한 부추김에도 누구 하나 대답하는 사람이 없었다.

"흥! 그저 입만 살아서. 추혼전주."

"예, 루주님."

"위약금 지불하고 깨끗하게 끝내. 구차하게 질질 끌지 말고."

"알겠습니다."

"젠장, 그래도 돈이 많이 깨진다고 생각하니 영 배가 아프네."

익살스럽게 아랫배를 쓰다듬는 형웅의 모습에 다들 떨떠름한 표정을 감추지 못했다.

서문세가의 외곽 경비를 책임지는 충선당주 서문창은 초조한 마음을 이기지 못하고 연신 방 안을 서성거렸다.

"너무 늦으시는데."

밤이 깊어갈수록 불안감은 점점 커져만 갔다.

자칫하면 그동안 공들였던 온갖 노력들이, 나이가 오십 줄에 접어들었음에도 여전히 충선당이나 지키고 있는 한심한 신세를 대번에 반전시킬 수 있는 계획이 물거품으로 변해 버릴 수도 있다는 생각에 머리가 지끈거려 왔다.

답답한 가슴을 진정시키기 위해 한 잔, 두 잔 마시다 보니 빈병만 늘어갔다.

그렇게 얼마의 시간이 더 흘렀을까.

세 번째 들인 술병마저 바닥을 드러냈을 때 굳게 닫혀 있던 문이 열렸다.

"아버님!"

서문창이 벌떡 일어났다.

지루하게 이어졌던 원로회의를 마치고 피곤한 기색으로 아들의 방을 찾은 서문경은 진동하는 술 냄새에 미간을 찌푸렸다.

"쯧쯧, 대체 얼마나 마신 게냐?"

"죄송합니다. 가슴이 답답하여 조금 마셨습니다."

고개를 숙인 서문창이 침을 꿀꺽 삼키며 물었다.

"어찌 되었습니까?"

"포기하는 것으로 결정되었다."

서문경이 착잡한 표정으로 대답했다.

"지… 금 포기라 하셨습니까?"

서문창의 얼굴 가득 실망감이 깃들었다.

"그래, 일단 손을 떼는 것이 좋겠다는 의견이 대세였다. 노력을 해보았지만 뒤집을 수가 없었어."

서문경 역시 회의 결과가 마음에 들지 않는지 더없이 무거운 표정이었다.

"매혼루 놈들이야 그렇다 쳐도 본가에서도 손을 떼는 이유를 알 수가 없습니다. 다른 곳도 아니고 황산진가입니다. 황산진가를 좌지우지할 좋은 기회를 버리다니요."

서문창은 당장에라도 뛰쳐나갈 기세로 소리쳤다. 얼굴은 분노로 간뜩 일그러졌다.

"좋은 기회라는 것은 다들 알아. 매혼루에서 의뢰를 포기한 상황에서 본가가 직접 움직이는 것이 어떨까 고민을 할 정도였으니까. 다만 생각지도 못한 변수가 끼어들었다는 것이 문제다."

"생사의괴 말씀입니까?"

"거기다 당가에서도 끼어들었지. 매혼루에서 포기한 이유도 바로 그들 때문일 게다."

"그들이 대단하다는 것은 알지만 본가의 힘이 움직이면……"

"물론 원하는 것을 얻을 수는 있겠지. 하지만 원로회의에서 따지고 든 것은 당가, 생사의괴와 충돌했을 때 과연 우리에게 얼마큼 실익이 있는지였다. 그리고 면밀한 검토 끝에 지금 당장은 충돌하지 않는 것이 본가에 더 이득이라는 결론이 나왔다. 그렇다고 황산진가를 완전히 포기한다는 말은 아니다."

"그건 또 무슨 소립니까?"

참을 수 없는 실망감에 사로잡힌 서문창의 음성엔 짙은 반감이 깔려 있었다.

"황산진가에 후손이 태어난다고 해도 그 아이가 성장하기까지는 꽤나 오랜 시간이 걸리지 않겠느냐? 아니, 제대로 성장할 수 있는지조차도 의문이지. 세가의 후계자들이 하루아침에 사라지는 일들이 빈번한데."

"그렇다면……"

서문경의 말을 이해한 서문창의 표정이 살짝 밝아졌다.

"참고로 어린 후계자 따위는 간단히 짓눌러 버릴 정도로 막대한 지원은 계속될 것이다. 매혼루에서 보내온 위약금 일체를 우선적으로 지원한다고 하였고. 하니 혜아에게도 전해. 조바심에 괜히 무리수를 두지 말고 지금껏 하던 대로 황산진가의 힘을 조금씩 손에 쥐라고 말이다. 그에 필요한 모든 것은 이 할아비가, 세가가 지원을 해줄 것이라고 말이다."

"예, 알겠습니다. 그리 전하지요."

힘차게 고개를 끄덕이는 서문창의 얼굴에 아쉬움과 안도감이 교차했다.

금방 딸 수 있을 것 같았던 오랜 노력의 결실이 꽤나 미뤄졌다는 것에 대한 아쉬움과 혹시나 모든 것이 끝나는 것은 아닌지 걱정했던 것과는 달리 세가의 지원이 계속된다는 것에 대한 안도감이었다.

"참, 가주께선 이런 의견을 주셨다."

"가… 주께서요?"

가주라는 말에 서문창의 몸이 절로 움찔거렸다.

"일전에 이 아비가 말한 것처럼 양자를 들이는 것은 어떠냐고 말이다. 적당한 아이를 골라 양자를 세운다면 훨씬 쉽게 황산진기를 장악할 수 있다고 하셨다."

"하지만……."

"당장 결정하라는 것은 아니다. 다만 가주께서 하신 말씀이니 염두를 하는 것은 좋을 게다."

말이 좋아 염두지 가주의 입에서 나온 말은 곧 명령이나 다름없었다.

"알겠습니다."

대답을 하기는 했으나 표정이 과히 좋지 않았다.

어느덧 네 아이의 엄마가 되었건만 지랄맞은 성격만큼은 전혀 변하지 않은 서문혜의 얼굴을 떠올리자 절로 한숨이 흘러나왔다.

*　　　　*　　　　*

육 부인에 대한 암살 시도가 벌어진 지 어느새 열흘이 지났다.

생사의괴의 의술 덕분에 죽음의 문턱에서 기적적으로 살아난 육 부인은 안정적으로 회복하고 있었다.

큰 화재가 났던 추우객점 또한 인근 목수들과 화영표국 표사들의 도움을 받아 하루가 다르게 제 모습을 찾아가고 있었다.

추우객점에 머무는 이들의 면모도 며칠 사이에 확 변했다.

화재가 있던 다음 날에 낙산상회의 상인들과 천양표국의

표사들이 서둘러 길을 떠났다.

정확히 이틀 후, 황산진가에서 대규모의 인원이 객점에 도착했다.

육 부인의 남편 진유호를 필두로 무려 오십에 가까운 무인들이 육 부인을 호위하기 위해 달려온 것이었다.

세가 내에서 비교적 세력이 약했던 진유호가 그렇듯 대규모 인원을 동원할 수 있는 것은 그동안 중립을 지키던 이들이 육 부인이 살수의 공격에 겨우 목숨을 구했다는 소식을 접하곤 대노하여 힘을 실어준 덕분이었다.

잉태한 아이가 아들이라는 말까지 전해지자 무려 세 명의 장로들이 직접 나서기까지 했다.

풍월에게 그간의 사정 얘기를 들어 알고 있던 생사의괴는 호들갑을 떠는 장로들을 향해 독설을 날리기도 했다.

이 부인의 압력과 온갖 정보의 조작 등으로 인해 일의 정황을 제대로 파악을 못했다는 나름의 이유가 있을 수 있지만, 어쨌거나 그 또한 구차한 변명이 될 수밖에 없는 현실이다.

장로들은 입이 열 개라도 할 말이 없었기에 다들 꿀 먹은 벙어리가 되고 말았다. 물론 거기엔 생사의괴가 무림에 지니는 위치와 더불어 결정적으로 육 부인을 살려낸 은인이란 이유가 작용을 하기도 했다.

의외인 것은 낙산상회와 함께 추우객점을 떠날 줄 알았던 당하곤과 당율, 당청 남매가 객점에 남았다는 것이다.

생사의괴는 육 부인의 치료가 완전히 끝날 때까지 도움을 주고자 한다는 당하곤의 말에 코웃음을 쳤지만 일전에 피독주가 요긴하게 쓰였던 것을 기억해서인지 크게 각을 세우거나 하지는 않았다.

사실 지금의 생사의괴는 누가 오고 가는지 전혀 신경을 쓰지 않았다. 새롭게 맞이한 제자를 어찌 가르쳐야 하는지 온 정신을 쏟고 있었기 때문이다.

자신의 의지와는 상관없이 육 부인을 치료해 주는 대가로 넘겨진 용패는 감히 거부할 엄두도 내지 못한 채 생사의괴의 제자가 되고 말았다.

자신이 전직 해적임을 앞세우며 생명을 다루는 의원으로서의 자질이 부족하다고 소박하게 반항도 해보았지만 오히려 재미없는 놈보다는 백배 낫다며 생사의괴를 흡족하게 만들었다.

용패를 생사의괴의 제자로 넘김으로써 풍월은 그 나름대로 일석삼조의 이득을 보았다.

전직 해적 출신의 용패를 십대고수 중 한 명의 제자로 만들었으니 그에겐 그만한 영광이 없을 터. 빚이 문제가 아니었다.

목숨이 위태로운 육 부인을 구함으로써 그녀는 물론이고 화영표국에 대한 빚까지 완벽하게 청산을 하게 되었다.

홍추에게 갚아야 할 빚이 남아 있기는 했지만 현 시점에서 따질 문제는 아니었다.

그렇게 대부분의 빚을 극적으로 청산한 풍월은 요 며칠 무척이나 무료한 나날을 보내고 있었다.

"이제 그만 일어나라. 대체 언제까지 뒹굴 셈이냐?"

구원후가 나무 그늘에 누워 한가로이 낮잠을 즐기던 풍월의 몸을 거칠게 흔들었다.

"아함!"

늘어지는 하품과 함께 몸을 일으키는 풍월을 무척이나 못마땅하게 바라보는 구원후를 대신해 장무선이 술병을 건넸다.

"대낮부터 무슨 술입니까?"

얼떨결에 술병을 받아든 풍월이 코를 벌름거리며 물었다.

"연엽주라네. 양 씨가 조금 전에 술동이를 개봉했지."

"하! 결국 설득했군요."

풍월이 웃으며 술병을 흔들었다.

올해 담근 연엽주는 아직 제대로 숙성이 되지 않았다고, 조금 더 기다려야 한다는 양 씨를 집요하게 쫓아다니며 충분히 숙성되었으니 개봉을 하자고 설득하더니만 결국 성공한 모양이었다.

"간신히 한 동이만. 양 씨의 고집이 얼마나 센지 몰라. 제대로 맛이 들었고만 뭐가 부족하다고 그러는지."

"그러게요. 일전에 마셨던 연엽주와 똑같은데요."

풍월이 입안 가득 퍼지는 연잎 향을 느끼며 말했다.

"네놈들이 장인의 마음을 어찌 알아. 그들에겐 우리 같은 사람은 전혀 알지 못하는, 그들만이 느끼는 미세한 차이가 있는 법이다."

"어르신은 그 차이가 뭔지 아시겠습니까?"

구원후의 핀잔에 풍월이 고개를 갸웃거리며 물었다.

"알 리가 있겠느냐? 그냥 마시는 것이지."

구원후의 천연덕스런 대답에 세 사람 모두 미소를 지으며 술병을 부딪쳤다.

"참, 내일 떠나기로 결정했다면서요?"

"황산진가에서 대규모의 호위들이 온 이상 어차피 우리가 할 일은 없지 않나. 황산진가에서 그러기를 바라는 눈치이기도 하고."

장무선이 씁쓸히 웃으며 말했다.

"이제 와서 그러는 건 좀 꼴사납네요."

"이해 못할 바는 아니지. 그간의 사정이야 어찌 되었든 그들로서야 체면을 구기는 일이기도 하고. 뭐, 육 부인 쪽에서 충분히 인사를 했으니 서운한 것은 없네."

"그렇군요."

"그나저나 자네는 어찌하려나?"

풍월이 눈을 동그랗게 뜨고 되물었다.

"저요?"

"이번이 마지막 표행이라고 했잖나?"

"그렇긴 합니다만."

"어차피 떠날 것이라면 굳이 항주까지 되돌아갈 필요는 없다고 보네만."

"뒤에 남은 상인들하고 다시 합류하는 것 아닙니까?"

"아니, 표국에서 다른 표사들을 파견하기로 했네. 우린 그냥 복귀하면 그만이야."

"흠, 그렇군요."

풍월이 말을 아끼자 구원후가 혀를 챘다.

"쯧쯧, 사내 녀석이 뭘 그리 주저해? 적당히 질척거리고 바로 떠나라. 세상 구경하고 싶다는 놈이 항주 구석까지 뭐 하러 다시 가."

"그런… 가요? 그럼 그러죠, 뭐."

멋쩍게 웃는 풍월을 향해 장무선이 술병을 들었다.

"그런 의미에서 건배나 하지. 그동안 정말 고마웠네."

"별말씀을요."

"남자들끼리 뭔 말들이 그리 많아. 그냥 한잔하면 다 끝나는 것이지."

구원후의 핀잔에 이어 세 사람의 술병이 허공에서 격렬하게 부딪쳤다.

단숨에 병을 비운 세 사람이 서로에게 미소를 지으며 술병을 기분 좋게 집어 던졌다.

*   *   *

장무선과의 대화 이후, 표국을 떠나기로 결심한 풍월은 또 다른 선택지를 앞에 놓고 고민 중이었다.

마지막 표행을 결정할 때만 해도 그의 계획은 우선 화산파를 찾아 송산이 남긴 마지막 유품을 전하는 것이었다. 그 여정에서 세상 구경을 하는 것은 덤이었다.

광혼의 유품 또한 철산도문에 전해야 하지만 워낙 외진 곳에 위치한지라 잠시 뒤로 미루기로 결정했다.

그런데 전혀 예상하지 못한 상황이 벌어졌다.

육 부인의 암살을 실패하고 풍월의 칼을 피하려다 당하곤의 공격에 당한 살수는 포로가 되는 것을 포기하고 스스로 목숨을 끊어버렸다.

당하곤은 살수가 스스로 목숨을 끊을 때 사용한 독이 매혼루에서 사용하는 단혼산이 아닌가 의심을 했는데 생사의괴가 그런 당하곤의 생각에 힘을 실어주었다.

육 부인을 암살하려던 살수가 매혼루에 소속된 살수라는 것이 밝혀졌을 때 풍월이 받은 충격은 상당했다.

매혼루는 자신이 누구인지 확인할 수 있는 유일한 곳이자 모친을 병들게 하여 일찍 돌아가시게 만든 원수라 할 수 있었다.

　화도를 떠날 때 모친과 조부들의 무덤에서 밝혔듯 굳이 애써서 자신의 뿌리를 찾을 생각은 없던 풍월이지만 막상 눈앞에서 매혼루의 존재를 확인하게 되자 온갖 상념이 뒤따랐다.

　'어쩐다.'

　제법 깊게 고민을 해봤지만 쉽게 결론이 나지 않았다.

　풍월이 장무선이 두고 간 연엽주를 마시며 고민에 빠져 있을 때였다.

　두두두두.

　요란한 말발굽 소리와 함께 일단의 무리가 추우객점을 향해 달려오고 있었다.

제15장

철산마도(鐵山魔刀)

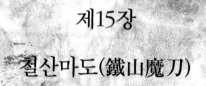

　인원은 대략 스물다섯 남짓, 멀리에서도 느낄 수 있을 정도로 그 기세가 제법 사나웠다.

　객점의 재건을 돕고 있던 화영표국의 표사들은 물론이고 주변 경계를 서고 있던 황산진가의 무인들 역시 난데없는 무리의 등장에 잔뜩 긴장한 모습이었다.

　모래바람을 일으키며 추우객점에 도착한 사내들은 말에서 뛰어내린 뒤 거칠 것 없다는 태도로 걸어왔다.

　'아, 이런 병신 새끼들! 정보가 완전히 틀렸잖아. 게다가 황산진가까지.'

처음의 기세와는 달리 선두에서 일행을 이끌고 있는 사내는 생각보다 많은 인원. 특히 별관에서 속속 달려오고 있는 황산진가의 무인들을 보곤 살짝 굳은 표정을 지었다.

자신에게 전달된 정보가 엉터리임을 확인한 사내는 정보망을 관장하는 누군가의 얼굴을 떠올리며 이를 부득 갈았다.

"그대들은 누군가?"

육 부인을 보호하기 위해 추우객점으로 달려온 장로 진사초가 삼십 중반의 사내와 그가 데려온 이들을 날카롭게 살피며 물었다.

"녹림의 황천룡이라 합니다. 노선배께선……."

녹림이라는 말에 곳곳에서 웅성거림이 들려왔다.

"진사초라 하네."

"이런, 누구신가 했더니 황산진가의 영웅들이셨군요. 뵙게 되어 영광입니다."

황천룡은 넉넉한 웃음을 지으며 진사초와 그의 주변에 포진하고 있는 황산진가의 무인들을 향해 정중히 포권을 했다.

사람 좋은 인상, 부드러운 웃음이었으나 그에 현혹되는 사람은 아무도 없었다.

녹림의 총순찰 황천룡.

그의 이름이 주는 무게감은 결코 가볍지 않았다.

`근래 들어 욱일승천하는 기세로 세력을 확장시키고 있는

녹림십팔채는 전통의 강호라 할 수 있는 구대문파와 어깨를 나란히 할 정도였다.

엄밀히 말하자면 그 구성원의 숫자나 영향력을 감안했을 때 구대문파 중 소림이나 무당 정도만이 어느 정도나마 감당할 수 있으리라 여길 뿐 나머지 문파들은 이미 비교 대상이 될 수가 없었다.

"한데 녹림의 총순찰께서 여기까지 무슨 일이십니까?"

진사초의 곁에 있던 진유호가 경계 어린 눈빛으로 물었다.

"헛! 저를 아십니까?"

황천룡이 깜짝 놀라며 물었다.

"무림에 적을 두고 있는 사람으로서 욱일승천하는 녹림의 호걸을 모를 수야 없겠지요."

"하하하! 다른 곳도 아니고 황산진가의 영웅들께서 미천한 제 이름까지 알고 계신다니 이거 정말 영광입니다."

황천룡은 짐짓 감격해 마지않는 표정을 지으며 요란을 떨더니 슬며시 고개를 돌려 주변을 살폈다. 그리곤 한쪽에서 불안한 눈빛으로 서 있는 자들을 발견하고 눈빛을 빛냈다.

"총단으로 복귀하는 중에 이곳에 제가 만나야 할 사람들이 있다고 해서 들렀습니다. 잠시 실례를 하겠습니다."

황천룡은 대답과 함께 화영표국 표사들이 있는 곳으로 걸음을 옮겼다.

"구 영감, 오랜만이오. 은퇴했다는 말을 들었는데 이런 곳에서 다시 보게 되는구려."

"그래, 참으로 오랜만이구나. 황천룡."

구원후가 장창을 꽉 움켜쥐며 말했다.

차갑게 번뜩이는 눈동자하며 살기 넘치는 음성을 보아 그와의 악연이 꽤나 깊은 모양이었다.

"하하하! 아직도 그때의 패배에 꽁해 있는 것이오? 그게 언제 적 일이라고. 게다가 목숨은 살려줬잖소. 표물도 돌려줬고. 아, 통행세로 조금은 떼었던가."

"닥쳐랏! 네놈 따위에게 목숨을 구걸한 적은 없다."

"누가 뭐랍니까? 괜스레 화를 내시네. 그러다 화병 걸리겠소."

황천룡이 어깨를 들썩이며 말했다. 능글맞게 대꾸하는 것이 누가 보더라도 구원후의 화를 돋우려는 것 같았다.

금방이라도 폭발할 것 같은 구원후의 손을 꽉 잡은 장무선이 조용히 물었다.

"만나야 할 사람이 우리요, 총순찰?"

"대표두도 오랜만이오."

황천룡이 손을 들어 반가운 척을 했다.

"만나야 할 사람이 우리냐고 물었소."

"이것 참 민망하게시리."

슬며시 손을 내린 황천룡이 입가에 띤 미소를 여전히 유지하며 고개를 끄덕였다.

"맞소, 대표두. 화영표국에 볼일이 있어 이렇게 급히 달려왔소."

"우리가 만날 이유는 없는 것 같은데. 대체 어떤 볼일이오?"

"당연히 짐작하고 있는 줄 알았는데 설마하니 발뺌하려는 거요?"

"무슨 말을 하려는지 모르겠으나 우린 발뺌할 일도 이유도 없소."

장무선이 단호히 고개를 저었다. 물론 황천룡의 말대로 짐작하는 일도 있었고 마음 한편에 불안함도 가득했다. 하지만 무작정 기세에 눌릴 수는 없었다.

"잘 모르겠다니 그럼 기억나게 해드려야겠소이다."

황천룡의 얼굴에서 처음으로 웃음이 사라졌다.

"천목채."

황천룡의 눈동자에서 한기가 뿜어져 나왔다.

"어째서 그들을 몰살시킨 것이오?"

올 게 왔다고 여긴 장무선은 마음을 다잡고 차분히 대꾸했다.

"공격을 한 거 그들이 먼저요, 계속해서 통행세를 냈고 깃발까지 꽂았음에도 천목채는 황산진가의 며느님을 노리는 악적들과 손잡고 우리를 공격했소."

장무선이 슬며시 황산진가를 끌어들였다.

"우리가 조사한 것과는 얘기가 다르오만."

황천룡이 비웃음과 함께 품속에서 조그만 책자 하나를 꺼내 들었다.

"천목채를 이끄는 칠두령 중 유일하게 살아남은 간웅의 말에 의하면 천목채가 화영표국의 공격을 받을 때 제삼의 세력이 개입한 것은 틀림없소. 하지만 대표두 말대로 천목채는 그들과 손을 잡은 것이 아니오. 놈들이 천목채의 수하들을 제거하고 그들로 위장을 했을 뿐이오."

"마, 말도 안 되는……."

장무선은 너무도 기가 막힌지 말도 제대로 잇지 못했다. 그를 대신해 구원후가 나섰다.

"좋다. 네놈 말대로 악적과 손을 잡지 않았다고 치자. 그럼 어째서 통행세를 받아먹고도 공격을 한 것이냐? 당시 우리는 육 부인을 호위하는 중이라 혹시 모를 충돌을 걱정하여 여러 차례에 걸쳐 통행세를 냈다. 설마하니 '통행세를 지불하면 녹림십팔채의 영향권에선 안전을 보장한다'라고 선언한 총채주 녹림대제(綠林大帝)의 약속을 무시할 셈이냐?"

황천룡이 정색하며 고개를 저었다.

"당연히 아니오. 총채주님의 약속은 절대 깨질 수 없는 불변의 것. 하지만 간과한 것이 하나 있소이다."

"그게 뭐이냐?"

"통행세를 냈다고 하는데 대체 어떤 놈들에게 통행세를 낸 거요?"

"뭐라?"

구원후가 도끼눈을 치켜뜨며 물었다.

"조사에 의하면 당시 천목채에선 외부로 나갔던 인원이 없었소이다. 이유는 바로 황산진가의 며느님을 공격하려는 자들의 압박 때문이었소. 돈을 줄 테니 함께 공격하자는 놈들의 제의를 거부한 천목채주가 신변에 위협을 느끼고 외부에 나갔던 수하들을 모조리 불러들였단 말이오. 한데 통행세를 냈다니 대체 어떤 놈들에게 통행세를 냈다는 거요?"

황천룡의 물음에 구원후의 얼굴이 붉으락푸르락해졌다.

"어디서 개수작이냐? 천목채 놈들에게 통행세를 낸 것은 육부인, 황산진가에서도 확인한 것이다. 우리가 너무 부담을 진다고 오히려 지원까지 해줬거늘."

"그러니까 어떤 놈들에게 통행세를 낸 거냔 말이오? 천목채에선 받은 적이 없다는데."

황천룡은 팔짱을 끼고 같은 질문을 되풀이했다.

"억지 **부리지** 마시오. 그동안 천목채와 부딪친 것이 얼마인데. 내가 그들의 얼굴을 못 알아볼 것 같소?"

장무선의 일갈에 황천룡은 어이없다는 웃음마저 터뜨렸다.

"하하! 이거야 원. 지금까지 전혀 엉뚱한 놈들에게 통행세를 냈단 말이잖소?"

"아니, 받고도 안 받은 척하고 있다 말하는 거요. 동시에 그대들의 주장이 억지로 우리에게 잘못을 뒤집어씌우려는 수작임을 말하는 거고."

순간, 황천룡의 낯빛이 다시금 변했다.

"그 말을 책임질 수 있겠소?"

책임이라는 말에 장무선은 멈칫하지 않을 수 없었다. 상대가 억지를 부린다는 것은 천하가 다 아는 사실이지만 문제는 화영표국은 상대의 억지를 감당할 수 있는 힘이 없다는 것이다.

장무선이 곤란해하는 모습에 이를 지켜보던 진유호가 입을 열었다.

"녹림에선 보다 확실히 조사를 할 필요가 있는 것 같소. 당시 습격을 받았던 우리 쪽 사람들의 말에 의하면 천목채와 살수들이 분명 함께 공격을 했다고 했소."

황천룡은 진유호가 나서자 고압적인 태도를 확 바꾸었다.

"아, 그 점은 죄송하게 되었습니다. 과정이야 어찌 되었든 참으로 면목이 없는 일이었습니다. 다만 정확하게 해둘 것은 당시 천목채는 황산진가를 공격했던 살수과 손을 잡은 것이 아니라는 것입니다. 살수들은 산채의 수하들로 위장을 하여 공격을 했고, 그 과정에서 상당수 수하가 희생을 당했습니다. 계획에 실패하고 도주하는 과정에서도 많은 수하들이 희생을 당했지요. 그 일에 관해선 총채주께서 차후에 다시 사과를 전한다고 하셨습니다. 다만 제가 지금 따지는 것은 화영표국이 어째서 우리를 공격했느냐는 것입니다. 애당초 공격을 하지 않았으면 산채의 수하들로 위장해 있던 살수들 또한 쉽게 움직일 수는 없었을 텐데 말이지요."

"먼저 기습을 한 것은 천목채였소."

장무선의 말에 황천룡이 차갑게 대꾸했다.

"간옹에 의하면 통상적인 경고였다고 했소. 그 과정에서 다소 오해를 할 여지가 있다고는 했으나 화영표국의 전력이 평소와는 다르게 워낙 강력해서 천목채 또한 강하게 나갈 수밖에 없다고 했소. 그걸 오해해서 죽자 살자 공격을 해오니 천목채에서도 당연히 반격을 할 수밖에 없었겠지. 그 결과 산채의 수하들로 위장해 있는 살수들이 움직일 수 있는 최상의 조건을 만들어주게 되었을 터."

"그, 그런 말도 안 되는 억지를……."

"총채주께선 억지라고 생각을 하시지 않소. 아울러 이에 대한 책임을 확실히 물으라 명하셨소"

총채주의 명이라는 말이 끝나기가 무섭게 황천룡의 뒤에 대기하고 있던 무인들의 전신에서 엄청난 살기가 뿜어져 나왔다.

화영표국의 표사들은 물론이고 신흥 삼대세가라 일컬어지는 황산진가의 무인들마저 움츠러들 정도로 대단한 기세였다.

당장에라도 칼부림이 날 것 같은 일촉즉발의 상황에서 진유호가 그들을 가로막고 나섰다.

"양측의 주장이 상이하다고는 하나 본가의 무인들이 화영표국과 함께 움직이며 겪은 일을 감안해 봤을 때 솔직히 녹림, 아니, 정확히 합시다. 천목채의 의도를 의심하지 않을 수 없소."

"하면 우리가 살수들과 손을 잡고 황산진가를 공격했다는 것입니까?"

차갑게 되묻는 황천룡의 표정은 더 이상 호의적이지 않았다.

"단정 지을 수는 없으나 정황상 의심이 충분히 가능하다는 거요. 그리고 말했다시피 녹림이 아니라 천목채라 한정 지었소."

의심이 아니라 확신이었다.

자신의 아기를 잉태한 육 부인이 목숨을 잃을 뻔한 것을 알고 있지만 진유호는 애써 분노를 삭혔다. 천목채와 살수들이 손을 잡았다는 확실한 증거가 없는 한 무작정 녹림을 압박할 수는 없었기 때문이다.

"그 또한 녹림을 우습게 보는 말씀입니다. 황산진가라면 무림에서도 손꼽히는 명문. 감히 천목채 따위가 총채주님의 허락 없이 함부로 도발을 할 수 있다고 보십니까? 단언컨대 그런 일은 절대로 일어날 수 없습니다."

황천룡이 모욕을 받았다는 듯 잔뜩 붉어진 얼굴로 목소리를 높였다.

'하지만 그런 일이 일어나고 말았지. 머저리 같은 새끼들. 운이 좋은 줄 알아라. 살아 있었다면 놈들 손이 아니라 내 손에 다 뒈졌을 테니까.'

황천룡은 돈 때문에 그런 미친 짓을 벌인 천목채주 목웅을 떠올리며 이를 부득 갈았다.

제대로 성공이라도 했으면 그나마 나았을 텐데 망신은 망신대로 당하고 아무것도 얻은 것이 없으니 천불이 났다. 총단에서 무리하게 화영표국을 압박하라는 것도 다 그런 이유 때문이었다.

"물론 이유야 어찌 되었든 황산진가에 피해를 끼친 것은 분명한 사실입니다. 해서 총채주님께서 따로 사과의 말씀을 전한다고 하신 것이지요."

"그 점은 감사드리고 있소."

진유호가 진심으로 말했다.

한 문파의 수장이, 그것도 녹림십팔채같이 거대한 단체의 수장이 사과를 한다는 것은 결코 쉬운 일이 아니라는 것을 알기 때문이었다.

"그럼에도 의심을 한다면 모든 일을 명확하게 하기 위해서 제가 한 가지 확인을 해보지요."

황천룡의 고개가 장무선에게 향했다.

"천목채의 몇몇 수하들이 사로잡힌 것으로 아는데 맞소?"

"그렇소."

장무선이 고개를 끄덕였다.

"당연히 그들을 취조해 보았을 것이고."

"그렇소."

"당신들의 주장대로라면 한두 명도 아니고 수십 명이 넘는 살수들이 천목채와 함께 황산진가를 공격했소. 그렇다면 천목채의 수하들 또한 당연히 살수들의 존재를 알고 있을 터. 묻겠소. 사로잡힌 수하들이 살수들의 존재를 알고 있었소? 아, 단순히 살수들이 공격을 했다가 아니라 함께 공격을 했다고 증언을 했느냐는 말이오."

"그, 그건⋯⋯."

장무선이 말을 더듬었다.

그의 얼굴에 당황한 빛이 역력했다.

황천룡의 말대로 포로를 잡았고 꽤나 강도 높은 심문을 했으나 그 누구도 살수의 존재를 알지 못했다. 그들 또한 어째서 살수들이 함께 공격을 했는지 이상하게 생각하고 있을 정도였다.

"아랫것들이 무얼 알겠느냐? 어차피 윗대가리들이 결정을 했을 것이고 그저 따른 것이겠지."

구원후가 장무선을 대신해 대답했다.

황천룡이 피식 웃었다.

간옹의 승언을 통해 목웅이 수하들마저 속이고 일방적으로 살수와 손을 잡았고, 간옹의 당부에도 불과하고 나머지 두 령들에게도 끝까지 비밀로 했다는 것을 확인했다.

구원후의 지적이 정확하다는 것을 알고 있었지만 목웅이 죽은 이상 그걸 입증할 증거는 없었다. 대신 그 반대의 증거는 너무도 명백했다.

"그건 구 영감의 추측일 뿐이오. 그 많은 살수들과 손을 잡는데 아무도 아는 사람이 없다? 그게 말이 된다고 보시오?"

황천룡의 시선은 구원후가 아니라 진유호에게 향해 있었다.

진유호의 입에서 나지막한 신음이 흘러나왔다.

황천룡의 주장이 억지라는 것을 알고 있으나 그의 말을 반박할 증거가 없었다.

진사초의 두 명의 장로마저 살짝 고개를 저었다.

"천목채와 살수들이 손을 잡았다는 오해는 풀렸다고 생각하겠습니다."

황천룡은 진유호의 대답을 기다리지도 않고 장무선과 구원후를 향해 고개를 돌렸다.

"과정이야 어찌 되었든 천목채는 사실상 사라졌소. 바로 당신들의 손에 의해서."

살기 가득한 눈길로 화영표국의 표사들을 노려본 황천룡이 힘주어 말했다.

"총채주께서 물으라 하셨소. 화영표국은 천목채 동지들의 빚을 어찌 갚으려 하는가?"

황천룡의 전신에서 피어나는 위압감이 조용히 주변을 휘감았다.

녹림의 총순찰이라는 자리가 결코 만만한 위치가 아님을 모든 이들에게 각인시키려는 찰나, 불청객이 끼어들었다.

"와! 정말 지랄도 이만하면 풍년이다."

화영표국의 표사들로부터 마치 구세주와 같은 반응을 이끌어내며 앞으로 나선 사람은 풍월이었다.

술병을 빙글빙글 돌리며 나타난 풍월은 황천룡과 그의 수하들을 둘러보며 고개를 흔들었다.

"어지간하면 그냥 듣고 있으려고 했는데 귀가 썩는 것 같아서 참을 수가 있어야지. 말 같지도 않은 소리를 하고 또 하고 또 하고."

"어린 놈이 말이 걸군. 네놈은 누구냐?"

황천룡이 곧바로 공격하려는 수하들을 진정시키며 물었다.

"통성명하자고? 산적 따위에게 알려줄 이름은 없고."

"산… 적? 죽고 싶은 모양이구나."

황천룡의 눈에서 섬뜩한 살기가 뿜어져 나옴에도 피식거리는 웃음을 지은 풍월이 진유호를 향해 고개를 돌렸다.

"조금은 실망입니다. 화영표국에선 엄청난 각오를 하고 육부인을 도우려고 한 것인데."

민망한 표정으로 침묵하는 진유호를 대신해 진사초가 나섰다.

"하지만 증거가 없지 않나? 단순히 심중만을 가지고 녹림을 의심할 수는 없네."

"그 말씀을 사경을 헤맨 육 부인께 꼭 들려 드리고 싶네요. 살수들이 산적 놈들과 함께 부인을 공격한 증거가 없다고요. 해서 산적들이 화영표국을 겁박하는데 정작 황산진가는 아무런 도움도 줄 수가 없다고요."

"자네!"

"어이가 없어서. 그 자리에서 살수 놈들을 때려잡은 게 접니다. 당시 화영표국에선 천목채 놈들에게 기습을 당했음에도 너 이상의 충돌을 피하기 위해 통행세를 내겠다고 했습니다. 그걸 거부한 게 그 돼지 같은……"

"천목채주 목웅."

구원후가 얼른 말했다.

"그렇네요, 천목채주. 자, 묻기 좋아하는 산적들께 반대로 질문 하나 던져봅시다."

풍월의 비릿한 조소가 황천룡과 그의 수하들에게 꽂혔다.

"화영표국에선 천목채가 원하는 만큼 통행세를 내겠다고 했다. 하지만 우두머리 돼지는 끝까지 무시를 했어. 화영표국의 표사들과 황산진가의 무인들 모두 들은 얘기니까 아니라는 헛소리는 하지 말고. 자, 상식적으로 생각을 해보자고. 화영표국은 둘째 치고 황산진가의 안위마저 걸린 상황이었어. 그들이 충돌을 원했다고 보나? 그리고 처음의 공격이 협상을 하기 위한 단순한 경고라면 통행세를 더 내겠다는 제안을 어째서 거부한 거지? 조금 전에 천목채주 따위가 총채주의 명령 없이는 함부로 도발을 하지 못한다고 했던가? 그런데 했잖아."

황천룡이 자신의 논리를 조목조목 격파하는 풍월을 보며 더없는 살기를 느끼고 있을 때 풍월이 그의 분노에 제대로 불을 붙였다.

"네놈 주장대로 천목채의 돼지가 살수 놈들과 손을 잡은 게 아니라면 총채주의 말을 무시했다는 말이잖아. 결과적으로 총채주가 병신이 되는 거라고."

"닥쳐랏!"

벼락같이 소리친 황천룡이 검을 빼 들었다.

"네놈은 결코 해서는 안 될 말을 지껄였다. 먼저 그 요망한 혀를 뽑은 뒤 사지를 잘라주마."

피식 웃은 풍월이 술병을 입에 가져가며 말했다.

"자신 있으면 해봐. 아, 그 전에 확실히 짚고 넘어갈 것이 있다."

빈 술병을 허공에 던지며 몸을 돌린 풍월이 장무선에게 말했다.

"지금 이 순간부터 저는 화영표국의 쟁자수가 아닙니다. 인정하십니까?"

장무선이 근심 어린 눈빛으로 풍월을 바라보다 그의 전신에 흐르는 자신감을 확인하곤 고개를 끄덕였다.

"인정하네."

"그동안 감사했습니다."

장무선과 구원후에게 가볍게 예를 차린 풍월이 주변을 돌아보며 말을 이었다.

"지금부터 제가 하는 모든 말과 행동은 화영표국과는 전혀 싱관없는 것이며 일말의 책임도 없다고 밝혀두는 바입니다. 힘으로 모든 것을 덮으려는 인간들 때문에 혹시나 하는 마음

에 증인 몇 분을 모시지요. 제 말의 증인이 되어주시겠습니까,
선배님?"

모든 이들의 시선이 풍월을 따라 움직였다.

그의 시선 끝에 흥미로운 시선으로 지금까지의 상황을 지
켜보던 당하곤이 있었다.

"물론이네. 당가의 이름을 걸고 약속하지."

당하곤이 기꺼이 고개를 끄덕였다.

당가라는 말에 황천룡의 몸이 흠칫했다.

"감사합니다. 기왕이면 한 분 더 모시겠습니다. 어디를 그렇
게 싸돌아다니시다 이제 오십니까? 기왕 오셨으니 증인이나
서주세요."

최근에 용패를 데리고 산을 오르는 재미에 푹 빠진 생사의
괴가 거의 기다시피 하는 용패를 평상에 집어 던지곤 걸어왔
다.

"싸돌아다녀? 쯧쯧, 어째 네놈의 말투는 시간이 갈수록 버
르장머리가 없어지는구나."

혀를 찬 생사의괴가 황천룡을 힐끗 바라보며 물었다.

"저놈은 뭐고 증인은 또 뭐냐?"

"제가 지금부터 하려는 일이 있는데 화영표국과는 전혀
관계가 없다는 것을 증명해 달라고요. 녹림 어쩌고 하는 작
자들이 아무래도 나중에 해코지할 것 같아서 영 그렇네요."

"녹림? 알았다. 마음대로 해라."

귀찮다는 듯 손을 내저은 생사의괴는 때마침 왕수인이 들고온 술병을 잡아채곤 자리를 잡고 앉았다.

당하곤과 생사의괴를 증인으로 내세워 화영표국의 안전을 확보한 풍월이 객점을 재건하기 위해 쌓아둔 각목 하나를 집어들었다. 그리곤 딱히 누구에게라고 할 것이 읊조리듯 말했다.

"처음부터 의도한 것은 아니었으나 화영표국에서 지낸 몇 달간은 꽤나 즐거웠습니다. 많은 사람들도 만나고 또 이곳저곳 여행도 다니고."

장무선은 표행을 여행이라고 하는 풍월의 말에 너털웃음을 지었다.

자신들에겐 생계가 달린 일이다.

또 언제 어디서 어떤 위험이 닥쳐올지 몰라 늘 조심하고 긴장을 했던 표행이 풍월에겐 단지 여행이라 취급받는 것이 조금은 슬프기도 했다.

"하지만 늘 불만스러운 게 있었는데 말이지요."

풍월의 손이 움직일 때마다 커다랗던 각목이 쓱쓱 깎여 나가기 시작했다.

"그게 뭐냐면 통행세란 명목으로 산적 따위에게 돈을 주고 친목을 다질 때였습니다. 표국의 입장을 이해하지 못하는 건 아닙니다. 거지 떼처럼 달려드는 놈들과 부딪치는 것보다는 몇 푼 쥐어주고 달래는 것이 더 낫다는 건 저도 아니까요. 하지만……"

풍월이 어느새 적당한 크기의 목도로 변한 각목을 슬쩍슬쩍 휘두르며 말했다.

"저를 키우신 할아버지들께선 이런 말씀을 하셨지요. '해적 놈들한텐 몽둥이가 약이다. 인정 따위는 개에게나 줘버리고 가능한 철저하게 응징해라'라고."

풍월의 말에 대자로 누워 있던 용패가 움찔하며 고개를 쳐들었다.

생사의괴와 왕수인에게 이 산 저 산 끌려다니며 온갖 약초와 독초를 복용하며 자신의 의지와는 전혀 상관없이 그 효과를 몸으로 직접 경험해 보고 있는 용패의 얼굴은 며칠 사이에 반쪽이 되어 있었다.

숨쉬기조차도 귀찮을 정도로 지쳐 보였다.

그럼에도 본능적으로 반응하는 것은 의식 깊은 곳에 자리 잡은 화도에 대한 공포가 그만큼 컸기 때문이리라.

"해적뿐이겠습니까? 저 장강에서 노략질을 한다는 수적이나 산적이 다 그렇고 그런 놈들이겠지요. 무슨 말이냐면."

풍월의 차가운 눈빛이 굳은 표정으로 당하곤과 생사의괴를 바라보고 있던 황천룡에게 향했다.

"지금껏 너 같은 놈들하고 얘기하는 것 자체가 역겨웠다는 말이다."

풍월이 황천룡을 향해 천천히 걸음을 내디뎠다.

황천룡은 그런 풍월을 무시하곤 당하곤과 생사의괴를 향해 차분히 입을 열었다.

"이런 곳에서 당가의 선배님과 천하에 명성이 자자하신 생사의괴님을 뵐 줄은 몰랐습니다."

당하곤은 살짝 코웃음을 쳤을 뿐 별 반응이 없던 반면 생사의괴는 다소 놀란 얼굴로 황천룡을 바라보았다.

"노부를 어찌… 아! 네놈이 거기 있었구나."

생사의괴가 황천룡의 뒤쪽에서 음침한 기운을 풍기고 있는 노인을 확인하곤 코웃음을 쳤다.

생사의괴와 눈빛을 마주한 노인은 슬그머니 고개를 돌렸다. 순간적으로 보이는 표정이 꽤나 적대적이었다.

[저기 보이는 늙은이는 흑면귀(黑面鬼)라 불리는 놈이다. 온갖 악행으로 무림에 악명이 자자하지만 그래도 실력만큼은 무시할 수 없지. 딱히 어디에 적을 두지 않았던 놈인데 언제 녹림에 들어갔는지 모르겠군. 아무튼 조심해야 할 게다.]

생사의괴의 충고에 흑면귀를 힐끗 바라본 풍월이 누런 침을 탁 뱉어내며 말했다.

"흑면귀고 뭐고 어차피 산적 나부랭입니다."

"사, 산적 나부랭이?"

생사의괴가 두 눈을 동그랗게 뜨더니 곧 미친 듯이 웃어댔다.

"크하하하하! 맞다. 녹림에 발을 들여놓았으니 산적 나부랭이지. 크크크크!"

생사의괴의 웃음에 황천룡은 물론이고 흑면귀의 표정이 참담하게 일그러졌다.

그럼에도 불구하고 함부로 화를 내지 못했다. 무림에서 십대고수의 위명이 어떠한지를 여실히 보여주는 장면이라 할 수 있었다.

꾹꾹 화를 눌러 참은 황천룡이 공손히 말했다.

"증인을 서셨다는 것은 저자와는 상관없이 객관적인 입장에서……"

생사의괴가 황천룡의 말을 끊었다.

"아무도 간섭하는 사람은 없다. 그러니 그런 쓸데없는 걱정은 하지 말고 마음껏 상대를 해봐. 어이, 거기 늙은 산적 나부랭이."

생사의괴가 흑면귀를 불렀다.

"정신 차리는 게 좋을 거다. 박살 나는 거야 피하기 힘들겠지만 그래도 나이가 있는데 개망신을 당할 순 없잖아."

흑면귀는 아무런 대답 없이 자신을 한낱 산적 나부랭이로

격하시킨 풍월을 소리 없는 분노로 노려보았다.

생사의괴에게 다짐을 받은 황천룡은 더 이상 머뭇거리지 않았다.

렇다고 무턱대고 공격을 시작하진 않았다.

'일단 실력을 본다.'

녹림이라는 이름 앞에서도 자신만만한 태도하며 생사의괴와도 거침없이 대화를 나누는 것이 영 마음에 걸렸다.

황천룡의 눈짓을 받은 사내 둘이 풍월을 향해 달려들었다.

황천룡이 수족처럼 움직이는 녹풍대(綠風隊) 대원들은 녹림대제가 고르고 골라 직접 훈련시킨 최정예들로서 그 실력만큼은 어느 명문정파의 제자들과 비교해도 부족하지 않았다.

다만 상대가 너무 좋지 않았다는 것이 그들에겐 불행이었다.

풍월이 가볍게 막대기를 휘둘렀다.

요란하게 움직일 것도 없이 그저 두어 번 살짝 움직이는 것만으로 충분했다.

외마디 비명과 함께 공격하던 사내들이 그대로 처박혔다.

손에 쥐고 있던 무기는 흔적도 없이 사라졌고 무기를 들었던 팔은 부러져 덜렁거렸다.

기괴하게 뒤틀린 다리를 보니 팔만 부러진 것이 아닌 것 같았다.

"어휴, 저 잔인한 놈. 아주 사지 육신을 작살내 버렸구나."

생사의괴가 고개를 절레절레 흔드는 사이 풍월이 황천룡을 향해 움직였다.

"해적들도 그러더니만 역시 산적 놈들도 똑같네. 자신이 없으면 꼭 밑에 놈들부터 들이밀고 보지. 어차피 결과는 같은데 말이야."

"쳐랏."

황천룡이 뒷걸음질 치며 소리쳤다.

명이 떨어지기가 무섭게 녹풍대 전원이 풍월을 향해 덤벼들었다.

날카로운 파공성과 함께 뒤쪽에서 검이 짓쳐들었다.

좌우에서도 네 자루의 검이 온몸의 요혈을 노리며 밀려들었고 정면에서도 온갖 무기들이 날아들었다.

팔방이 완벽하게 차단된 상황.

누가 보더라도 피할 곳은 없어 보였다. 하지만 공격이 시작되는 시점에서 이미 섬환보의 보로를 따라 발걸음을 놀리고 있던 풍월은 여유롭기만 했다.

무림에서도 손꼽히는 섬환보를 극성으로 익혀낸 풍월의 움직임은 그야말로 바람 같았다.

"크악!"

후미 쪽에서 짓쳐들던 사내가 외마디 비명과 함께 쓰러졌다.

쓰러진 그의 가슴 위로 옥수수처럼 털린 그의 이가 안쓰럽게 떨어져 내렸다.

빡!

둔탁한 충격음과 함께 두 사내가 허공으로 치솟았다.

동시에 터져 나온 비명이 주변을 뒤흔들었다.

지켜보던 사람들은 그들의 비명이 마치 자신의 것인 양 오만상을 찌푸렸다.

대부분의 사람들이 자신도 모르게 사타구니 사이로 손을 가져갔다.

잠시 숨을 고른 풍월은 동료들이 쓰러지는 모습을 보았음에도 거침없이 자신에게 덤벼드는 적을 보며 그대로 막대기를 뻗었다.

빡!

막대기에 이마를 가격당한 사내가 비명과 함께 쓰러졌다.

풍월은 앞으로 고꾸라지는 사내의 아랫배를 걷어차 그 뒤에 따라오던 동료의 움직임을 막고 허공으로 몸을 띄워 그의 어깨를 짓밟았다.

우두둑!

뼈가 부러지는 소리와 함께 사내의 쇄골이 그대로 으스러졌다.

사내가 고통을 견디지 못하고 쓰러질 때 풍월의 몸은 이미 허공으로 치솟고 있었다.

화영표국과의 인연을 끊을 때부터 작심하고 있던 풍월은 손속에 인정을 두지 않았다.

아무리 증인을 세웠다고는 하나 어설프게 공격을 해두면 장차 화영표국에 어떤 피해가 갈지 몰랐다.

감히 그런 생각을 할 엄두조차 못하도록 완벽하게 눌러놔야 했다.

녹림의 자랑 녹풍대는 풍월의 독한 손속에 속절없이 쓰러지고 있었다.

악다구니를 쓰며 덤벼들고는 있지만 누구 한 사람의 공격도 풍월의 옷자락을 건드리지 못했고 아무렇게나 휘두르는 듯한 반격도 막아내지 못했다.

"미, 미친!"

반 각도 되지 않아 대부분의 수하가 병신이 되어 쓰러지는 것을 확인한 황천룡은 터져 나오는 욕설을 막지 못했다.

마침내 전의를 상실한 녹풍대가 공격을 멈추자 막대기를 어깨에 턱 걸친 풍월이 황천룡을 향해 말했다.

"아직 시작도 안 했는데 끝난 것처럼 굴면 곤란하지. 그리고 거기 흑면귀 나부랭이 영감은 눈알 빠지겠어. 대체 언제까지 노려만 보고 있을 건데?"

풍월이 비웃음 가득한 얼굴로 황천룡과 흑면귀를 도발했다.

"으아아아아!"

풍월의 말이 끝나기도 전, 황천룡이 두려움과 분노로 점철된 표정으로 달려들었다.

비웃음 가득했던 풍월의 눈에 살짝 이채가 흘렀다.

녹림의 총순찰답게 생각했던 것보다 훨씬 뛰어난 무공을 지니고 있었다.

조금은 본색을 더 보여줘도 무방할 것 같았다.

풍월의 막대기가 가볍게 흔들렸다.

막대기 끝에서 일어난 미풍이 눈 깜짝할 사이에 폭풍이 되어 사방에 휘몰아쳤다.

날카로운 검기를 뿜어대던 검이 막대기가 일으킨 광풍에 밀려 힘없이 튕겨져 나가고 검을 무력화시킨 광풍이 망연자실한 채 물러나는 황천룡의 전신을 두드렸다.

은은한 뇌성이 두 사람의 주변을 에워쌌다.

전신을 망치로 두드리는 듯한 엄청난 고통이 머리에서부터 발끝까지 쉼 없이 몰아치자 결국 고통을 참지 못한 황천룡이 정신을 잃고 쓰러졌다. 순간, 누군가의 입에서 경악과 의문에 찬 외침이 터져 나왔다.

"철산… 마도?"

그 황천룡을 박살 내고 기분 좋게 몸을 돌리던 풍월의 몸이 움찔했다.

이 자리에서 철산마도라는 이름을 꺼낼 사람은 오직 한 사람뿐이다.

풍월이 자신도 모르게 생사의괴를 향해 고개를 돌렸다.

생사의괴는 고개를 저었다.

"네놈! 철산마도와는 어떤 관계냐?"

풍월은 쇠를 긁는 듯한 거북한 음성을 듣고서야 철산마도를 언급한 사람이 흑면귀임을 알 수 있었다.

"철산마도와는 어떤 관계냐고 물었다!"

낯빛이 유난히 검은 노인이 소리쳐 물었다.

"철산… 마도라니?"

풍월이 영문을 모르겠다는 표정으로 되물었다.

그의 말이 끝나기가 무섭게 엉뚱한 곳에서 반응이 나왔다.

"크크크! 거짓말해도 소용없을 게다. 자고로 때린 놈은 잊어도 맞은 놈은 잊지 못한다고, 철산마도에게 개처럼 두들겨 맞은 놈이 어찌 그의 무공을 잊을까."

비웃음 가득한 생사의괴의 웃음에 흑면귀의 얼굴이 썩은

감자처럼 일그러졌다.

"저 늙… 영감이 할아버지를 안다고요?"

풍월이 혹시 몰라 슬며시 호칭을 바꾸며 물었다.

"그래."

"개처럼 두들겨 맞았고요?"

"그렇다니까. 그게 아니라면 무림에서 한참 전에 사라진 철산마도의 무공을 그렇게 쉽게 알아보겠느냐? 딱 죽지 않을 만큼 두들겨 맞았지 아마."

"뭐 그렇다면야."

죽지 않을 만큼 두들겨 맞았다면 잊는 게 더 힘들 터였다.

굳이 속일 이유도 없었던 풍월은 생사의괴의 조롱을 필사적으로 참고 있는 흑면귀를 향해 가볍게 각목을 흔들며 말했다.

"생각하고 있는 관계가 맞을 것 같네요."

"음."

혹시나 하고 있던 흑면귀의 입에서 짧은 신음이 터져 나왔다.

아울러 풍월을 노려보는 눈빛이 이전과는 비교도 되지 않을 정도로 살벌했다.

금방이라도 폭발할 것 같은 분위기와는 달리 흑면귀는 별다른 움직임을 취하지 않았다. 오히려 누구도 예상치 못한 결정을 내렸다.

흑면귀는 몇 남지 않은 수하들에게 눈짓을 하여 전장을 수습하라 명하곤 쓰러진 황천룡은 자신이 직접 챙겼다.

"어라, 그냥 가는 거요?"

전격적인 철수 결정에 놀란 풍월이 물었다.

흑면귀가 일그러진 얼굴로 말했다.

"까불지 마라, 애송아! 네놈 따위가 두려워서 그러는 것이 아니다. 언제고 네놈의 목을 따줄 테니까 기다려라."

"하! 살다 보니 이제는 산적 나부랭이한테 협박을 당하네. 뭐, 가겠다는 사람 잡지는 않겠지만 그게 가능할지 대충 가늠이나 해보쇼."

피식 웃은 풍월이 들고 있던 각목을 흑면귀를 향해 던졌다.

아무렇게나 내던지듯 한 것이나 흑면귀는 그렇게 간단하게 여길 수가 없었다.

황급히 황천룡을 내려놓은 흑면귀는 신중히 자세를 잡았다.

피하거나 칼로 쳐낼까도 생각해 보았으나 왠지 모양새가 우습다는 생각에 손을 뻗었다.

각목을 던진 풍월이 그랬듯 흑면귀 역시 대수로울 것 없다는 태도로 각목을 낚아챘다.

겉으로야 그랬지만 풍월이 보여준 실력을 감안했을 때 결코 평범할 수가 없는 각목이다.

자칫하면 큰 망신을 당할 수도 있기에 흑면귀는 양다리에 단단히 힘을 주고 뻗는 손에 내력을 가득 담았다.

하지만 그렇게 준비를 했음에도 각목을 잡는 순간 흑면귀는 자신이 큰 실수를 했음을 깨달을 수 있었다.

각목을 통해 전해진 힘은 그가 상상하는 것보다 훨씬 대단했다.

쿵쿵쿵.

각목에 이끌려 뒷걸음질 치는 흑면귀가 발을 디딜 때마다 땅바닥이 움푹움푹 패였다.

각목은 오 장여를 더 날아간 뒤에야 비로소 멈췄다.

흑면귀가 딱딱히 굳은 표정으로 각목을 바라보았다.

각목을 움켜쥔 손에서 피가 주르륵 흘러내렸다.

찢어진 손아귀에서 은은한 고통이 밀려들었다.

고통 따위가 문제가 아니다.

그를 바라보는 수많은 눈길들. 사람들은 그저 지금의 상황에 놀랄 뿐이었지만 흑면귀의 입장에선 노골적인 비웃음처럼 느껴졌다.

치미는 분노를 참고자 입술을 꽉 깨물었다. 비릿한 피 내음이 입안을 가득 채웠다.

흑면귀는 팔짱을 낀 채 여유로운 웃음을 흘리고 있는 풍월을 지그시 노려보다 몸을 홱 돌렸다.

땅바닥에 널브러져 있는 황천룡 따위는 안중에도 없었다. 그저 빨리 이 치욕적인 자리를 벗어나고 싶은 마음뿐이었다.

녹풍대원 하나가 황급히 황천룡을 들쳐 메곤 조금 전까지 등에 업고 있던 동료를 한 손으로 질질 끌며 흑면귀의 뒤를 따랐다.

"쯧쯧, 겁먹은 개새끼처럼 꼬리를 말고 도망치는 게 어째 그때나 지금이나 변한 게 없네. 발전이 없어, 발전이."

생사의괴가 빠르게 사라지는 흑면귀와 그의 수하들을 바라보며 혀를 찼다.

익살스런 말투에 웃음이 나올 만도 했지만 누구 한 사람 그의 말에 신경 쓰는 사람이 없었다.

사람들의 시선은 오직 풍월에게 고정되어 있었다.

근 이십여 년 만에 등장한 이름, 사라진 십대고수의 이름과 그 후예의 등장은 그만큼 충격적인 사건이었다.

"실력이 범상치 않다고는 여기고 있었으나 설마하니 철산마도 선배와 관계가 있을 줄은 몰랐군."

당하곤은 아직도 놀란 기색을 감추지 못하고 있었다.

그의 놀람은 화영표국 사람들에 비할 바가 아니었다.

"세상에! 그러니까 그 화도인가 뭔가 하는 섬에서 함께 지냈다는, 무공을 가르쳐 주셨다는 할아버지가 철산마도님이었다는 것이냐?"

구원후의 물음에 풍월이 가볍게 고개를 끄덕였다.

"예."

"어, 어째서 그때 말하지 않은 거냐?"

묻는 구원후를 비롯해 그의 주변에 있던 화영표국의 표사들 대부분이 뭔가 굉장히 억울한 표정이었다.

"안 물어보셨잖습니까."

풍월의 시큰둥한 대답에 다들 할 말을 잃고 입을 쩍 벌릴 때 생사의괴가 흑면귀가 사라진 방향을 힐끗 바라보곤 말했다.

"내 말은 그리했다만 약한 놈은 결코 아니다."

"예, 알고 있습니다."

"네가 던진 각목도 막아내려면 충분히 막아낼 수 있었어."

"그랬겠지요. 단, 그만한 내상을 각오했다면요."

자신만만한 대답에 생사의괴는 풍월이 자신 이상으로 흑면귀의 실력을 꿰뚫고 있음을 확인할 수 있었다.

"녹림 또한 만만히 볼 곳은 아니다. 특히 녹림대제는 정말 위험한 놈이다."

"어째 만나보신 적이 있는 것 같습니다."

"옛날에 두어 번 정도."

잠시 과거를 회상하던 생사의괴가 진지한 어조로 말했다.

"그때도 무서운 놈이었다. 세월이 흐른 만큼 얼마나 변했을지 상상도 되지 않고."

풍월의 눈동자 깊은 곳에서 기광이 흘렀다.

생사의괴가 무섭다는 표현을 쓸 정도라니 얼마나 대단한 인물인지 궁금증이 일었다.

"궁금하네요, 그 녹림대제란 사람이."

"곧 만날 수 있을 게다. 그놈의 성격상 오늘 일을 그냥 넘어가진 않을 테니까."

한숨을 내쉬는 생사의괴의 표정은 꽤나 무거웠다.

"그거 재밌겠네요. 마음대로 해보라지요."

녹림과는 이미 악연으로 엮인 상황이다.

풍월은 피할 생각이 전혀 없었다.

해적이나 산적 따위는 박살을 내야 하는 상대이지 두려움을 느껴야 하는 대상은 아니기 때문이었다.

생사의괴는 풍월의 입가에 스쳐 지나가는 섬뜩한 기운에 소름이 돋았다.

불현듯 의심이 들었다.

자신이 풍월의 진면목을 제대로 보지 못한 것은 아닌가 하고.

'이 인간들이 대체 어떤 괴물을 만들어낸 거야?'

생사의괴가 기이한 눈빛으로 풍월을 바라보았다.

의심은 이내 확신으로 변해갔다.

*　　　　　*　　　　　*

"시원하게도 온다."

떡갈나무 아래서 비를 피하고 있는 풍월이 구멍 뚫린 듯 세차게 쏟아붓는 빗줄기를 보며 감탄을 했다.

피한다고 피하기는 했지만 빗줄기가 워낙 거센 터라 온몸은 이미 흠뻑 젖은 상태였다. 잎을 타고 빗물이 줄줄 흘러 적시고 있음에도 표정 어디에도 짜증이나 화가 묻어 있지 않았다.

물 만난 개구리처럼 입가에 환한 미소마저 맴돌고 있는 것이 요 며칠 동안 기승을 부린 더위가 잠시나마 가신다는 것이 그저 기쁜 듯했다.

"저게 바로 화산이란 말이지."

풍월이 지평선 끝에 있는 산을 바라보며 중얼거렸다.

거센 빗줄기에 가려 제대로 보이지는 않았지만 희미하게 보이는 능선의 위용이 실로 대단했다.

흑면귀를 통해 자신이 철산마도의 후예라는 것이 밝혀진

풍월은 곧바로 추우객점을 떠났다.

사람들의 달라진 시선이 부담스럽기도 했거니와 이미 떠나기로 결심을 한 이상 더 머물 이유가 없었기 때문이다.

괜히 머뭇거리다 쓸데없이 다른 일에 엮이면 그 또한 곤란했다.

화산과 매혼루 사이에서 잠시 고민에 빠지기도 했다.

결론은 화산이었다. 사실 목적지를 결정하는 데엔 그다지 오랜 시간이 걸리지 않았다.

"대체 얼마나 걸린 거야?"

대충 날짜를 가늠해 보던 풍월이 어이가 없다는 듯 웃었다.

"넉 달이 넘게 걸렸네."

추우객점을 떠난 지 어느새 백이십여 일이 지났다.

화산만 바라보고 서둘렀으면 그렇게 오래 걸리지는 않았을 것이다.

서둘 이유도 없었고, 또 서둘고 싶은 마음도 없었기에 유유자적하며 발걸음을 옮겼다.

이곳저곳에서 꽤나 시간을 허비했던 것을 감안하면 넉 달이란 시간이 결코 긴 시간은 아니었다.

정주를 지날 무렵 화산검회(華山劍會)가 열린다는 것을 알지 못했다면 시간은 훨씬 더 걸렸을 것이다.

떡갈나무 아래서 비를 피하기를 일각여, 구멍이 뚫린 것 같 았던 하늘은 언제 비가 내렸냐는 듯 맑게 갰다.

풍월은 젖은 옷을 벗어 대충 물기를 짜낸 뒤 길을 재촉했 다.

*   *   *

화음현.

규모로 따지자면 여느 지방의 소도시보다도 못한, 그저 조 그만 촌락에 불과했지만 무림에서의 지명도는 상당했다.

화음현만의 특별한 특산품이나 자원이 있어서 그런 것은 아니다.

구대문파 중 하나이자 무당과 더불어 도교의 성지로 일컬 어지는 화산파가 바로 화음현에 있다는 그 이유 하나 때문에 많은 이들의 입에서 회자될 뿐이다.

그런 화음현, 십여 년 만에 열리는 화산검회로 인해 조그 만 촌락에 요 며칠 수용하기 힘들 정도로 많은 인구가 넘쳐 났다.

한참을 기다린 끝에 허름하기 짝이 없는 주루의 한쪽 구석 의 탁자를 차지하게 된 풍월은 점소이가 던지듯 내려놓은 엽 차를 단숨에 마시며 물었다.

"여긴 뭐가 맛있……."

점소이가 말을 잘랐다.

"술하고 밥, 돼지고기 볶음, 소면밖에 안 돼요."

열대여섯 살 정도 돼 보이는, 빠르게 말을 내뱉는 점소이의 얼굴엔 피곤이 가득했다.

"아니, 왜……."

반문을 하려던 풍월은 주루를 가득 채운 것으로도 부족해 밖에서 기다리고 있는 사람들을 보곤 입을 다물었다. 굳이 답을 듣지 않아도 이해가 갔다.

"그럼 술하고 돼지고기 볶음만. 소면은 됐고. 아니다, 소면도 추가해 줘."

점소이는 대꾸도 하지 않고 몸을 홱 돌렸다.

풍월의 입에서 쓴웃음이 흘러나왔다.

점소이의 태도에 뭐라 한마디 해주고 싶었지만 피곤에 찌든 얼굴에 입이 떨어지지 않았다.

"제대로 주문이나 되었는지 모르겠네."

음식을 기다리는 동안 주변을 살펴보았다.

탁자 수는 대충 열두어 개 정도가 놓여 있는데 탁자마다 사람들이 가득했다. 의자가 부족해 대충 서서 술과 음식을 먹는 이들도 상당했다.

온갖 소음에 잘 들리지는 않았으나 대화의 대부분이 화산검회에 대한 이야기들뿐이었다.

'화산검회라.'

풍월은 술잔 대신 엽차 잔을 빙글빙글 돌리며 생각에 잠겼다.

언젠가 할아버지께 들은 적이 있었다.

화산파 본산의 제자들은 물론이고 전 무림에 퍼져 있는 수많은 속가제자들까지 참여하는 화산문하들의 대회합.

보통은 십오 년마다, 그리고 문주가 바뀐다거나 하는 등의 특별한 일이 있을 때 열리는 화산검회는 기본적으론 무림에 퍼져 있는 화산문하들의 우의와 결속을 다지기 위함이지만, 전 무림에 화산의 위세를 과시하려는 의도도 있다고 했다.

'아직 이틀이나 남았는데 벌써 이만한 인파가 몰려들다니 화산파의 힘이 대단하긴 하네.'

풍월은 화음현에 몰려드는 수많은 인파를 보고 화산파의 명성에 감탄을 금치 못했다.

하지만 그가 착각하고 있는 것이 있었다.

화산검회라고 해서 화산파와 관계된 사람만 모이는 것은 아니었다.

주변의 문파들이 화산검회를 축하하기 위해 사절단을 보냈고, 화산검회의 백미라 할 수 있는 비무대회를 보기 위해 수

많은 구경꾼들이 몰려들었다.

화음현에 모여든 인원의 팔 할 이상은 비무대회를 보기 위함이라고 해도 과언은 아니었다.

『검선마도』 3권에 계속…

초대형 24시 만화방

신간 100%, 샤워실, 흡연실, 수면실(침대석), 커플석, 세탁기 완비

▪ 광명 광명사거리역점 ▪

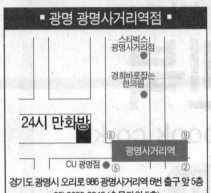

경기도 광명시 오리로 986 광명사거리역 6번 출구 앞 5층
02) 2625-9940 (솔목타워 5층)

▪ 강북 노원역점 ▪

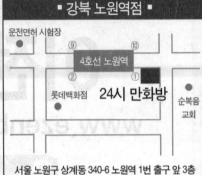

서울 노원구 상계동 340-6 노원역 1번 출구 앞 3층
02) 951-8324 (화용빌딩 3층)

▪ 일산 정발산역점 ▪

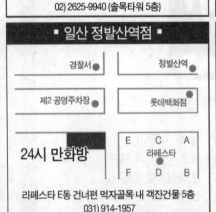

라페스타 E동 건너편 먹자골목 내 객잔건물 5층
031) 914-1957

▪ 일산 화정역점 ▪

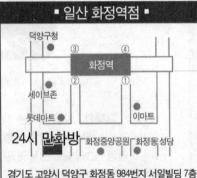

경기도 고양시 덕양구 화정동 984번지 서일빌딩 7층
031) 979-4874 (서일사우나 건물 7층)

▪ 부천 역곡역점 ▪

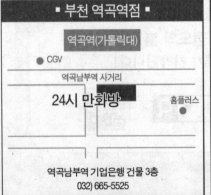

역곡남부역 기업은행 건물 3층
032) 665-5525

▪ 부평역점 ▪

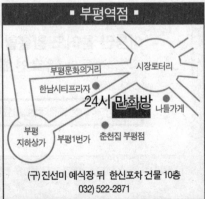

(구) 진선미 예식장 뒤 한신포차 건물 10층
032) 522-2871

FUSION FANTASTIC

박골 장편소설

내 손끝의 탑스타

그의 손이 닿으면 모두 탑스타가 된다?!

우연히 10년 전으로 회귀한 매니저 김현우.
그리고 그의 눈앞에 나타난 황금빛 스타!

그는 뛰어난 처세술과 냉철한 판단력으로
다사다난한 연예계를 돌파해 나가는데……

돈도, 힘도, 빽도 없지만 우리에겐 능력이 있다!

김현우와 어울림 엔터테인먼트의
통쾌한 성공기가 지금부터 시작된다!

기적의 환생

MIRACLE LIFE

박선우 장편소설

FUSION FANTASTIC STORY

"한 사람의 영웅은 국가를 발전시키기도,
타락시키기도 한다."

믿었던 가족들의 배신으로 모든 것을 잃은 최강철.
삶의 의미를 잃은 그는 결국 죽음을 선택하는데······.

삶의 끝자락에서 만난 악마 루시퍼!
그와의 거래로 기억을 가진 채 고등학생 시절로 되돌아간다.

다시 얻은 삶.
나는 이전의 비참했던 삶을 뒤로하고 황제가 되어
세상을 질주할 것이다!

Book Publishing CHUNGEORAM

유행이 아닌 자유추구 –
WWW.chungeoram.com

FUSION FANTASTIC STORY

묘재 장편소설

7번째 환생

이 모든 것이 신의 장난은 아닐까.

영원한 안식이 아닌,
환생이라는 저주 아닌 저주 속에서 여섯 번째 삶이 끝났다.

"드디어 내 환생이 끝난 건가?"

그런데 뭔가, 지금까지와 다른데?

"멸망의 인도자 치우, 그대에게 신의 경고를 전하겠어요."

최치우, 새로운 7번째 삶이 시작된다!